Oscar bestsellers

Dello stesso autore

nella collezione Oscar

L'artista armato
Capire l'arte
Estasi
Fedeltà
L'incantesimo
Sensualità
Sillabario del nuovo millennio

STEFANO ZECCHI

AMATA PER CASO

OSCAR MONDADORI

I edizione Omnibus ottobre 2003
I edizione Oscar bestsellers aprile 2005

ISBN 88-04-53352-8

Questo volume è stato stampato
presso Mondadori Printing S.p.A.
Stabilimento NSM - Cles (TN)
Stampato in Italia. Printed in Italy

www.librimondadori.it

AMATA PER CASO

Un giovedì, giorno in cui ricevo gli studenti che frequentano le mie lezioni all'Università Statale di Milano, entrò nello studio una giovane donna dalla pelle scura, con i capelli neri e lucenti, alta, elegante. Mi disse subito che era indiana, che non era una studentessa e che mi aveva conosciuto leggendo Sensualità, *un romanzo ambientato a Calcutta che avevo scritto qualche anno prima. Era rimasta colpita dal fascino che aveva esercitato su di me il suo mondo e, incuriosita, aveva seguito – quando le era stato possibile – le mie lezioni per capire com'era nato il mio amore per l'India e in particolare per la sua città più drammatica e affascinante. Da quel momento venne a trovarmi spesso nel mio studio: talvolta passavano lunghi periodi senza che si facesse vedere ma, all'improvviso, riappariva, e la conversazione riprendeva come se l'avessimo appena interrotta. Con un insolito scambio di ruoli, mi interrogava per sapere come avevo trascorso il tempo a Calcutta, chi avevo conosciuto lì, cosa avevo imparato. Mi ascoltava attentamente, facendomi ogni tanto qualche domanda, senza mai parlare di sé. Poi, dopo che ebbi ottenu-*

to – credo – la sua approvazione e, forse, la sua fiducia, complice anche quella confidenza che nasce dalla condivisione di qualche esperienza e di qualche ricordo, fu lei a raccontarmi la sua storia.

I

Sono stata adottata da piccola.

Eppure, fino a sette o otto anni ho avuto una famiglia come gli altri bambini del mio paese. Una famiglia numerosa: quattro fratelli più piccoli, io l'unica femmina. I nonni badavano alla casa e i miei genitori lavoravano. La mamma non doveva più prendersi cura di noi perché eravamo già abbastanza grandi: come tutte le donne del mio villaggio che hanno figli, anche lei ci è stata vicina solo durante i primi mesi di vita, tenendoci dentro a un fagottino, legato sulla schiena, in modo da lasciar fuori soltanto la testa e i piedi. Così, ancora per poco tempo, continuiamo a essere una cosa sola con la mamma, come quando eravamo nella sua pancia e, forse per questo, lì dentro, non piangiamo mai. Poi, appena impariamo a reggerci in piedi e a muoverci con le nostre gambe, veniamo liberati anche da quest'ultimo legame.

Non ero diversa dagli altri bambini del paese, avevo come loro le stesse regole da rispettare: lavorare e ubbidire ai più grandi. Ero felice? Sì, perché non sapevo cosa fosse l'infelicità. Crescevo, semplicemente, senza desiderare niente di diverso da quello che avevo. Era come se non ci fosse una vera differenza tra me e una pianta: anch'io cambiavo con le stagioni, temevo il freddo, avevo paura del vento, mi abbandonavo al sole. Dalla lana dipendeva la nostra vita: i miei genitori conoscevano i segreti per farne tanta e bella. In primavera, e finché il tempo era bello, portavo al pascolo le capre; durante l'inverno filavo la lana. Non mi ricordo quando ho incominciato a salire in montagna con gli animali, né quando ho incominciato a usare il fuso: mi sembra di averlo sempre saputo adoperare, mi sembra di aver fatto sempre le stesse cose. Non avevamo campagna da coltivare: soltanto un bell'orto, dietro la casa. A me piaceva curarlo, e ogni scusa era buona per rimanere tutto il giorno a zappare la terra e seminarla, perché al pascolo, rimanendo molto tempo da sola, non sempre andavo volentieri, e poi mi impressionavano i temporali quando arrivavano all'improvviso e la terra pareva esplodere da un momento all'altro.

Il paese dove sono nata è in fondo a una vallata, chiusa dalle montagne più alte dell'India, con le cime sprofondate tra le nuvole. Solo qualche volta il vento del Nord riesce a scoprirle, e allora ci appaiono così bianche e luminose che accecano la vista.

Per molti mesi all'anno il sole non si fa vedere, ma sappiamo aspettarlo. Non compare mai all'improvviso: quando la croda della montagna pian piano si illumina e giorno dopo giorno si tinge di un rosso che diventa sempre più intenso, tutti noi del paese incominciamo a guardare verso un punto preciso della vallata e, osservando le sfumature dei colori, sappiamo esattamente l'istante in cui sbucherà dalle rocce il primo raggio di sole.

Arrivano i giorni più belli: la terra si asciuga e diventa verde; tra le piante spuntano il giallo e il blu dei fiori, e lunghe crepe liberano i ruscelli schiacciati dal gelo. Anche noi, come la terra, cambiamo. Le donne tirano fuori dalle cassepanche i loro vestiti blu e bianchi ricamati con grandi fiori rossi, i cappelli azzurri di lana leggera messi da parte per l'arrivo della buona stagione, come se l'inverno non meritasse lo sfoggio di tanta bellezza.

Tutto ritornava come l'anno precedente. Non poteva esserci niente di diverso: questa era la sola vita che riuscivo a immaginare e, come mi avevano insegnato, pregavo perché nulla cambiasse, perché il tempo si ripetesse sempre così fino alla vecchiaia, fino alla morte.

Ma durante quella primavera, quando avevo sette o otto anni – non l'ho mai saputo con certezza – la mia vita s'incamminò per una strada che non avrei mai potuto prevedere, come se qualcuno si fosse all'improvviso accorto di me e avesse deciso di prendermi per mano e portarmi via. Io ero una semplice pastorella che sapeva badare alle capre e filare la lana, mi ero abituata al vento e non avevo paura della sua violenza, ero ormai cresciuta abbastanza per non temere che il freddo mi addormentasse per sempre, come accadeva a molti bambini. Sognavo di diventare grande per poter arrivare fino in cima alla montagna che domina la vallata, ma di nascosto, senza che i nostri vecchi lo sapessero perché, dicevano, era pericoloso, e soprattutto proibito. Gli anziani del paese ci raccontavano storie meravigliose di eroi coraggiosi e buoni che combattevano lassù, nella neve, tra le nuvole, contro gli spiriti del male che impedivano al sole di scendere in mezzo a noi. Ma nessuno doveva scoprire con quali armi lottavano e come attiravano nei loro tranelli i nemici per distruggerli: se qualcuno di noi li avesse guardati negli occhi, ci avrebbero abbandonati per sempre e sulla nostra terra non sarebbe mai più ritornato il sole.

Con la primavera, quando l'aria tiepida incomincia a riscaldare i campi e i sentieri, arrivano in paese i soldati in cerca di uomini forti da portare sul passo a spalare la neve per riaprire la strada ai camion. Il lavoro è duro e pericoloso, perché a primavera la neve frana ed è facile che capiti qualche disgrazia, ma la paga è buona, e tutti sperano di venire scelti dai soldati. Mio padre era ancora sano e robusto, e per essere sicuro di non perdere quell'occasione di guadagno aveva anche imparato ad aggiustare i motori: infatti, lui e Lobzang, l'uomo più alto e più grosso del paese, non erano mai stati scartati. Quei soldi ci servivano perché ormai ci erano rimaste solo una decina di capre, e la lana che potevamo ricavare non era tanta.

Un tempo era diverso: di sera, seduti in cucina intorno al tavolo, i nostri vecchi ci raccontavano di quando avevano buoni animali che davano oltre cinquecento sacchi di lana... Molto prima che io nascessi, vivevano sull'altopiano del Tchang-Tang, dove il freddo è così intenso e l'aria così secca che tagliano la pelle senza dolore. I miei genitori non avevano casa, vivevano al riparo di una grande tenda nera e pascolavano le loro capre pashmina, più pregiate anche di quelle del Kashmir, sugli immensi prati d'erba sottile e bassa che cresce a fatica, trovandosi un po' di spazio tra le pietre. Dovevano camminare, continuare a spostarsi sempre, in cerca di buoni pascoli: caricavano la loro tenda sulla schiena di un vecchio yak, il bufalo di montagna, e percorrevano in lungo e in largo l'immenso altopiano tra mille pericoli. I lupi affamati erano sempre in agguato e – ci raccontavano – mostri crudeli si nascondevano tra i crepacci. Fu proprio un mostro a uccidere il loro yak, perché un mattino lo trovarono morto senza neppure il segno di una ferita. E così decisero di scendere al villaggio più vicino, si costruirono una casa e non tornarono più in montagna. Riuscirono a conservare poche capre che però non davano più la stessa lana morbida e calda di quando pascolavano sul Tchang-Tang. Uno yak, mi spiegava il nonno, aveva cambiato la vita della nostra famiglia, e io ero potuta nascere in una casa, non in una tenda come loro. Ero stata fortunata, mi diceva.

E, davvero, ero felice nella mia famiglia, vivevo bene nel mio paese. Ero ubbidiente, ma non avevo bisogno di ricevere ordini, perché sapevo quali fossero i miei doveri. Alle prime luci dell'alba andavo nel recinto delle capre per pulirle e spazzolare il loro pelo, davo da mangiare ai nostri due cani, facevo una visita all'orto per vedere se richiedeva delle cure e poi rientravo in casa per accudire i miei fratellini. Con la buona stagione ero io a portare le capre al pascolo aiutata dai cani, ma ormai avevo imparato a tenere il gregge unito e non avevo più paura di perdere gli animali piccoli. Ci arrampicavamo sulla collina e poi giù, verso il torrente. Lì incontravo gli altri pastori e, allora sì, mi sentivo davvero al sicuro, anche quando il cielo si tingeva di ocra e di viola e l'erba sembrava nascondersi sotto le pietre che diventavano bianche e opache. Il temporale arrivava all'improvviso dalla montagna. Le capre cercavano riparo tra i balzi e le crepe della collina; ci accovacciavamo, ci stringevamo una vicina all'altra, ma la pioggia fredda e pungente non risparmiava né loro né me. La giacca di lana, la cuffia di pelle e le ciabatte inzuppate d'acqua le avrei potute asciugare solo di sera, davanti al fuoco.

Sulla strada di casa c'era un altare con la ruota delle preghiere. Aveva un piedistallo largo di pietra, più alto di me, sormontato da un tabernacolo di legno che la proteggeva dalla pioggia e dalla neve. La gente passava e con un lieve tocco della mano faceva girare la ruota, raccogliendosi qualche istante in preghiera per poi proseguire il cammino. Io osservavo in disparte e, quando non c'era più nessuno, mi avvicinavo al tabernacolo. Ero troppo piccola, però: non arrivavo neppure a sfiorare la ruota. Mi sollevavo sulla punta dei piedi, fino a sentire male alle caviglie, ma inutilmente. Ogni volta che passavo di là, facevo un nuovo tentativo: mi dicevo che il giorno in cui fossi riuscita a farla girare, anch'io sarei stata grande. Avrei continuato a lavorare come sempre ma avrei potuto raccontare ai bambini del paese le storie di eroi e di mostri che vedevo nascosti tra le nuvole quando portavo in montagna le capre, sarei finalmente andata alla festa del paese con il cappello azzurro ricamato di seta bianca e forse avrei messo le scarpe di pelle con i nastrini rossi e gialli.

Una sera di quella primavera ero nel cortile di casa a raccogliere le fascine per il fuoco. Spezzavo i rami secchi stando seduta per terra, così vidi, solo nell'istante in cui incominciò a parlarmi, l'uomo che si era fermato davanti al cancello di casa.

«Abita qui Dolma?»

Non era del mio paese; parlava in un dialetto che riuscivo appena a capire.

«Sì, è la mia mamma» gli risposi impaurita.

«Si può sapere dov'è?» mi chiese in modo brusco.

Senza alzarmi gli feci un cenno con la mano.

L'uomo spinse davanti a sé il cancello e andò verso casa. Era sporco: non avevo mai visto un uomo così sporco. Aveva certamente camminato a lungo, ma non per i campi della nostra vallata. Scarpe e calzoni erano infangati, e la giacca era piena di macchie di catrame.

Mia madre, sentita la voce di uno straniero, era già sulla porta.

«Lavoro al passo per liberare la strada dalla neve. Nawang è vostro marito, vero?» le chiese quell'uomo.

Anch'io, intanto, ero entrata in cucina, rannicchiandomi dietro a una sedia per non farmi notare.

«Sì» rispose mia madre. «Venite a sedervi, sarete stanco» gli disse con gentilezza.

Ma l'uomo non si mosse. «Ieri è franato un pezzo di strada. Lo dicevo al capo che era pericoloso. La neve è bagnata e pesante. La terra si rompe. Sotto è rimasto Nawang.»

Mia madre si abbandonò sulla sedia, fissò quell'uomo per qualche istante, impietrita, poi chinò la testa sul tavolo, coprendola con lo scialle.

«Queste sono le rupie che vostro marito mi ha incaricato di darvi se gli fosse successa una disgrazia. Tutti noi facciamo così per aiutare le nostre famiglie.»

Mia madre guardò quei soldi con gli occhi arrossati dal pianto, senza neppure toccarli.

«È morto?» gli chiese sollevando la testa e fissandolo ansiosa.

La risposta non arrivava, forse quell'uomo non voleva dare un dolore ancora più grande a mia madre.

«È ferito. L'hanno portato via con il camion; non so dove: forse a Leh o a Manali.»

Si mise a sedere proprio sulla sedia dietro la quale mi ero nascosta. «Prendete questi soldi» continuò, «è tutto quello che può darvi. Mi ha detto di dirvi che le altre rupie che ha guadagnato lavorando sul passo le tiene lui, perché avrà molte spese per le cure. Dice, anche, che non potrà più mandarvi dei soldi e che dovrete arrangiarvi da soli.»

Senza pronunciare una parola, mia madre andò a riscaldare per l'ospite la tsampa, il nostro tè. Solo dopo qualche sorso, incoraggiato da quella buona accoglienza, l'uomo incominciò a raccontare i particolari dell'incidente, ma non seppe rispondere alle domande che interessavano di più mia madre: in che condizioni di salute si trovava mio padre e dove l'avevano trasportato.

Ritornai in cortile a spezzare i rami e a preparare

le fascine. Ero impaurita, ma in modo diverso da quando rabbrividivo di notte ascoltando l'ululato dei lupi sempre più vicino alla nostra casa. Sentivo che qualcosa si era rovinata in modo irreparabile, come se una piantina del mio orto si fosse spezzata: era una sensazione nuova che avrei imparato a conoscere bene nel corso della mia vita. Era angoscia. Ma, fino ad allora, non mi era mai capitato di pensare che ci fossero brutte sere o brutte mattine: certo, ero contenta quando potevo mangiare i ravioli di carne e dormire nel letto ben riscaldato, e correre alla mattina sul prato verso il sole con i miei cani prima di portare le capre al pascolo. Ma, se non potevo mangiare, dormire, correre come mi piaceva, stavo ugualmente bene. Niente era cattivo, niente mi aveva mai fatto del male: tutto quello che accadeva, mi pareva non potesse essere diverso da com'era. Né, pensavo, mi sarebbe mai mancato ciò che avevo: una famiglia, una casa, le mie montagne, i prati, l'orto, le capre, i cani. Tutto quello che esisteva: non c'era altro per me.

Mia madre non faticò a convincere Sanjiv, l'uomo che era venuto a darci la notizia della disgrazia, a fermarsi a mangiare. Noi piccoli andammo subito a dormire; i letti erano tutti in un'unica stanza a ridosso della cucina, e non c'era una porta che separava le due camere. Quella sera il sonno non arrivava e così, senza volerlo, continuavo ad ascoltare i discorsi dei grandi.

Sanjiv spiegava che lui aveva poca confidenza con la neve e il ghiaccio, perché era un contadino del Bihar, e proprio per questo era molto prudente.

«Quando il monsone non è generoso con la nostra campagna» diceva, «bisogna andarsene per cercare lavoro. Ho paura della montagna, ma al passo pagano bene. È molto pericoloso lassù, troppe frane che fanno sparire da un momento all'altro la strada con tutto quel che c'è sopra. Ah, sì, Nawang non è il solo a essersi ferito questa settimana. Ogni giorno c'è un incidente. Io gli dicevo: non stiamo agli ordini, andiamo a spalare sulla parte alta, è meno rischioso. Lui però non ha voluto.»

Ascoltavo ogni parola e mi sembrava che il cuore mi si spezzasse nel petto. Così forte lo sentivo battere solo quando avevo paura del vento che all'improvviso scendeva nella vallata o quando mi facevo sorprendere in montagna dall'oscurità. Ma non avevo mai avuto paura delle parole.

«Nawang è rimasto intrappolato da una frana. Ha le gambe rotte in più punti, e forse non potrà più camminare» continuava Sanjiv. «E il peggio è che non avrà neppure un risarcimento, perché la colpa è sua, ha detto il capo, perché non doveva trovarsi lì in quel momento. Povero Nawang, proprio sfortunato: lui ha ubbidito. Magari avesse fatto come gli dicevo io! E adesso lo imbrogliano anche: ha solo ubbidito agli ordini, io lo so bene!»

La mamma incominciò a ragionare sul modo di soccorrere mio padre: «Bisogna andare al passo per informarci dove lo hanno portato».

«Nessuno sa niente, nessuno sa niente. Ogni giorno portano via qualcuno che si è fatto male...» rispondeva Sanjiv rassegnato.

«E allora dobbiamo metterci in viaggio per andare

a cercarlo. L'avranno portato a Leh o a Manali, in altre città non è possibile, non ci sono ospedali» diceva mia madre per farsi coraggio. «Avrà bisogno di aiuto, povero il mio Nawang: qualcuno dovrà riportarlo a casa se lui non è in grado di camminare. Ci saranno spese da affrontare...»

«Sfortunato, sfortunato» continuava a ripetere Sanjiv, come se per mio padre non ci fosse più niente da fare. «Nessuno lo risarcirà. Ma lui è stato davvero stupido. Un momento prima dell'incidente io gli avevo fatto vedere che si era messo a lavorare in un brutto punto!»

Parlavano, parlavano per decidere come cercare mio padre, come aiutarlo e riportarlo a casa. «Ci vorranno molti soldi» diceva sospirando mia madre.

Mi ero girata verso il muro e avevo anch'io incominciato a parlare a due macchioline, una a forma di stella, l'altra di cavallino. Con loro mi confidavo prima di dormire, e adesso speravo che mi dessero qualche consiglio. L'indomani avrei portato le capre oltre il torrente: non mi era mai piaciuto andare da quella parte perché il terreno è ripido e fa più freddo. Ma sapevo che lì il pascolo è migliore; il latte sarebbe stato più gustoso e anche la lana sarebbe cresciuta più folta e morbida. Poi avrei potuto aiutare la mamma a filare e a tessere anche di notte. E pensavo ancora a cos'altro fare per non essere di peso e guadagnare anch'io qualche rupia. Ah, sì: avrei potuto cercare le erbe medicinali mentre pascolavo le capre; ormai avevo imparato a riconoscerne molte specie e sapevo anche dov'era un cespuglio di rose bianche selvatiche che al mercato pagavano bene.

Chiedevo alla stella e al cavallino di suggerirmi qualche buona azione che avrebbe rasserenato mia madre. La sentivo parlare e piangere in continuazione, e l'uomo del Bihar non l'aiutava, era troppo rassegnato. Per lui era tutto difficile: dovevamo aspettare che si facesse vivo papà e non muoverci, perché non l'avremmo mai trovato e avremmo speso i soldi inutilmente.

«Venderemo le capre» disse mia madre. Aveva smesso di piangere ritrovando fermezza nella voce. «Sono belle capre pashmina, danno buona lana e molto latte. Ce le pagheranno bene.»

Chissà quante volte i miei genitori dovevano aver preso una decisione simile. Ma a me quelle parole riempirono gli occhi di lacrime: toccai le macchioline sul muro come per supplicarle che almeno loro facessero qualcosa per impedire che venissero vendute le nostre caprette. Avevo sempre creduto che fossero tutta la nostra vita, che senza di loro saremmo stati costretti a chiedere l'elemosina sulla strada che porta al monastero. Cosa avremmo potuto portare al mercato, senza la loro lana? Con il latte c'era sempre da mangiare almeno un pezzo di ricotta abbrustolita. E adesso senza capre, senza lana, senza latte, senza rupie...? E io? Non sarei più andata al pascolo sulla collina, non avrei più filato alla sera... Ci restava l'orto; potevo coltivare con più cura il mio pezzetto di terra. Avevo piantato cipolle e fave; entro poco tempo sarebbero maturate, avremmo avuto da mangiare e la mamma sarebbe stata fiera di me.

Sfinita, ma un po' confortata da quel pensiero, mi addormentai e, come sempre, alle prime luci dell'alba saltai giù dal letto e corsi verso il recinto delle capre per prepararle al pascolo.

«Legale insieme con la stessa corda: le porteremo al mercato» disse mia madre sbucando all'improvviso da dietro il recinto.

Una vampata di calore mi bruciò il viso. È la fine, pensai.

Nella piazza del paese la gente aveva già incominciato a vendere la propria merce. C'era al suo solito posto l'uomo magro delle scarpe. Le aveva disposte ordinatamente in tre file su una coperta di lana distesa per terra, mettendo davanti le scarpe di pelle, dietro quelle di stoffa e infine quelle di gomma. La mamma mi aveva promesso che me ne avrebbe comprato un paio, ma adesso... era meglio non pensarci più. E come al solito ero passata davanti al carretto con le uova impilate una sull'altra fino a formare una piramide. Mi sembrava impossibile che non cadessero, e anche quando ero dall'altra parte della piazza continuavo a tenerle d'occhio perché ero convinta che da un momento all'altro si sarebbero spiaccicate per terra. Forse, fra non molto, avrei anch'io portato al mercato le cipolle e le fave del nostro orto, vendendole proprio qui, su una bella coperta, all'incrocio tra la strada e la piazza, dove c'è sempre tanta gente.

Intanto trascinavo le mie caprette, seguendo la mamma. Oltre la piazza, passando sotto un arco, entrammo in un cortile. Ci stava aspettando un uomo che mi strappò di mano la corda, slegò le capre e incominciò a esaminarle con cura. Le palpava, afferrava le zampe con due mani come se volesse spezzarle, ispezionava le loro bocche, annusava la lana e intanto scuoteva la testa. «Non sono un gran che, sono state incrociate male» disse l'uomo dall'aria scorbutica. «La lana non è pura pashmina, e devono dare anche poco latte. Non valgono le rupie che mi avete chiesto. Posso darvene la metà.»

Rimanevo rannicchiata in disparte, abbracciata alla capretta con il muso nero, quella che mi voleva più bene. Sentivo mia madre discutere e contrattare sul prezzo, ma non volevo più guardare quello che stava accadendo. Poi, all'improvviso, la sua mano mi afferrò per un braccio e mi portò via. Non avevamo più le capre. La stessa paura indefinibile che mi prese durante la notte mi entrò ancora nel cuore. Pensavo che qualcosa di grave sarebbe presto accaduto e che da quel giorno tutto sarebbe stato diverso, ma non immaginavo che il destino avrebbe cominciato a giocare con la mia vita.

II

Mi era sempre piaciuto curare l'orto, e adesso che non avevo più le capre da portare al pascolo mi ci dedicavo con grande impegno. Era l'unica occasione per rendermi utile e per non essere di peso alla mia famiglia. Certo, filavo e tessevo la lana e badavo ai fratellini, ma non era una novità perché questi erano i miei compiti anche prima della vendita delle nostre capre. Però mi accorgevo con soddisfazione che per tenere davvero bene l'orto c'era bisogno di molto lavoro. Il terreno era duro e pieno di sassi, le erbacce crescevano ovunque e finivano per soffocare i germogli e, poi, era molto faticoso aggiustare ogni volta il recinto che i cani randagi abbattevano di notte. Trascinavo con tutte le forze le assi che servivano per le riparazioni e, avendo imparato dal papà a tagliarle e a inchiodarle, riuscivo a chiudere i buchi più grandi. Non ottenevo grandi risultati, però non volevo farmi aiutare da nessuno per dimostrare alla mamma che anche senza capre da pascolare potevo essere utile alla famiglia.

Il mio mondo si era ristretto a quel piccolo pezzo di terra, e solo adesso capivo quanta libertà avevo avuto prima, quando correvo per i prati o saltavo i ruscelli facendo a gara con i cani, quando mi rotolavo lungo il pendio della collina e poi senza fiato mi distendevo tra i fiori a osservare il cielo che mi faceva girare la testa trascinandomi fin sulle nuvole. Ora, in venti passi attraversavo tutto il recinto, ma a quell'orticello volevo ormai bene come ai prati e alle montagne. Mi prendevo cura delle nuove piantine, a una a una: le osservavo da vicino, le spiavo come se potessi cogliere il lento procedere della loro crescita. Ero sicura che entro breve ci avrebbero dato buone cose da mangiare per sostituire il latte e il burro che non avevamo più.

Erano trascorsi già alcuni giorni da quando avevamo venduto le capre e mi pareva che la nostra vita non avesse preso quella brutta piega che temevo. Erano gli occhi della mamma, sempre arrossati dal pianto, a ricordarmi che qualcosa di grave era successo nella nostra casa: io ogni tanto le accarezzavo le mani, ma mi pareva che neppure se ne accorgesse, che continuasse a pensare a mio padre. Così, il giorno più bello dell'anno arrivò per noi nel momento più triste.

Quando il sole raggiunge la cima della montagna e va a tramontare dietro il ghiacciaio, tutta la gente della vallata si raduna nel nostro paese per festeggiare l'inizio della bella stagione. Con gli altri bambini salivo al monastero dove i monaci ci consegnavano gli abiti che avremmo indossato per il corteo con cui davamo il benvenuto al ritorno del sole. Noi piccoli rimanevamo in coda alla lunga processione, improvvisando dei balli al suono delle trombe e dei tamburi. Nessuno ci aveva insegnato a danzare: avevamo imparato guardando i grandi e cercando di imitarli. Loro sì che erano bravi: aprivano la sfilata, ammirati da tutto il paese; di noi nessuno si curava. Io però mi impegnavo come se avessi su di me gli occhi di tutta la gente: mi piaceva muovermi seguendo il ritmo lento della musica che via via diventava più veloce, trascinandomi alla fine in un inebriante vortice di suoni. Mi sembrava che il corpo mi venisse strappato via da una forza sconosciuta, come se qualcuno mi liberasse da me stessa per lasciarmi in compagnia soltanto dei miei sogni.

Per tutto il giorno c'erano canti e musiche, danze e giochi; poi, prima del tramonto, la gente che era rimasta per le strade e nella piazza del paese formava un'altra processione che questa volta si spingeva su fino al monastero. Qui si pregava insieme ai monaci per la pace dell'anima e per la nostra salute.

La mamma si era allontanata prima che finisse la festa: «Sei andata in processione?» mi chiese senza distogliere lo sguardo dalla padella sul fuoco.

«Sì, ero dietro alle maschere del male. Facevano paura.»

«Certo, devono fare paura ai bambini... Hai pregato?»

«Sì.» Ero distratta dall'odore del burro che diventava a mano a mano più intenso ogni volta che la mamma ne metteva un cucchiaio nella padella.

«Sai cosa sto facendo?» mi chiese senza voltarsi verso di me.

«No... sì, stai cucinando.»

«È evidente, ma cosa?»

«Non lo so.»

«Lo sai invece. Cosa si fa con la farina, le uova, l'orzo tostato, l'halwa?»

Rimasi in silenzio, non volevo sciupare la mia speranza: se non fosse stato come pensavo?

«Avanti, aiutami» disse la mamma con decisione.

«Stai cucinando il kho-tak; e adesso io devo mettere nella padella...»

«Va bene, va bene. A questo penso io» mi interruppe. «Tu prepara le mele e lo yogurt. Faremo festa anche nella nostra casa. Abbiamo poco e purtroppo domani ancora meno. Ma per questa sera possiamo mangiare ed essere sereni.»

Sul tavolo c'erano tre mele; le tagliai sottili sottili per farle sembrare molte di più di quanto fossero in realtà e le disposi ordinatamente sul piatto. Incominciava ad affiorare lentamente il succo che copriva i pezzetti di mela come una rugiada. Attesi ancora qualche minuto, poi ci versai sopra lo yogurt e infine un velo di zucchero.

Quella sera avremmo cenato con frittelle d'orzo e mele allo yogurt: non sapevo quale delle due mi piacesse di più. Da quando era capitata la disgrazia a mio padre e avevamo dovuto vendere le capre, la nostra casa era stata invasa dalla tristezza; però adesso tutte quelle cose buone... e la mamma che era tornata serena e allegra mi facevano pensare che i nostri problemi si stessero risolvendo. Neppure mi ricordavo l'ultima volta in cui sulla tavola c'era stato un bel kho-tak profumato! Sì, adesso bisognava aspettare soltanto che mio padre guarisse, e la vita sarebbe ritornata quella di prima. Non poteva essere che così. La festa in paese, le danze, il mio vestito colorato e questa serata in cui si stava per fare una grande cena: cosa potevo desiderare di più?

Ma una grande gioia è la premessa di un grande dolore. I bambini dovrebbero essere risparmiati dall'una e dall'altro: hanno bisogno di normalità per crescere con un po' di fiducia in se stessi.

Dopo aver aiutato la mamma in cucina ed essendomi accorta che non aveva più bisogno di me, uscii di casa per andare nell'orto a curare le mie piantine. Appena fuori, l'aria fresca mi inebriò: mi sentivo come se qualcuno mi stesse trascinando lontano con una forza a cui non riuscivo a oppormi. Volevo entrare nell'orto e invece corsi sul prato verso il torrente. Ero così veloce che il cuore si mise subito a battere tanto rapidamente che mi sembrava di soffocare. Proprio in quell'istante mi ripresi da quello strano stordimento: ritornai verso casa saltellando, felice di aver disperso nel vento tutta la mia voglia di vivere. Ma avevo dimenticato l'orto. Ci entrai ancora, ansimante: trattenni il respiro cercando di essere il più silenziosa possibile per non disturbare le mie piantine che si stavano preparando alla notte. Crescevano bene e presto avrei portato anch'io in tavola qualcosa di buono.

Forse la corsa sul prato, forse l'attenzione per i germogli nell'orto... non mi ero accorta che erano entrati in casa due uomini. Uno era Sanjiv, l'altro non mi pareva di conoscerlo.

«È lo zio Tobgye, il fratello di tuo padre; non ti ricordi?» disse mia madre. La sua voce aveva perso quel tono sereno e rassicurante che aveva quando eravamo in cucina. Sembrava impaurita.

Andai a sedermi in un angolo poco illuminato:

non volevo allontanarmi dalla cucina, perché pensavo di dover essere io, adesso, a sorvegliare le frittelle. Chissà se ne avremmo mangiate! Non erano molte, però potevano bastare per tutti. Certamente era svanita la gioia di prima e, ora, la presenza di quegli uomini mi ricordava tutte le nostre sventure.

Li sentivo parlare di soldi, sempre di soldi: non ce n'erano per noi, non ce n'erano per mio padre che, mi pareva di capire, aveva anche problemi con la giustizia.

«Io glielo dicevo: "Nawang, non spalare dietro la curva, il terreno è troppo ripido, succede un disastro!". Ma lui niente: ubbidiva agli ordini» continuava a ripetere Sanjiv proprio come l'altro giorno e con la stessa nota lamentosa nella voce.

«Perché? Ci sarà la causa?» chiese mia madre allarmata.

«Non lo so, ma costerà cara, molto cara» le rispose Sanjiv.

«Mi domando cosa possiamo fare ancora» diceva la mamma. «Potremmo vendere la casa, tornare a vivere nella tenda, sull'altopiano... come una volta. Potremmo curare le capre di chi non può più salire in montagna... Potremmo fare... non so, non so...» ripeteva la mamma piangendo.

«No» sentii dire con molta decisione da mio zio, mentre sparecchiavo e pulivo i piatti. Fece un cenno a mia madre come per ordinarle di allontanare me e i fratellini che se ne stavano a giocare seduti per terra.

Andai a rannicchiarmi nel letto, ma una cosa era stare sotto la coperta, un'altra dormire. Mi girai verso la stella e il cavallino implorandoli che mi mandassero un po' di sonno: sarebbe stata così bella la giornata se fosse finita prima dell'arrivo di quei due! E adesso ero sicura che, più a lungo durava, e peggiore sarebbe stata.

«Dobbiamo trovare subito i soldi» disse mio zio. Mi ero tirata la coperta sopra la testa sperando di non sentire più niente, sperando che si bevessero qualche bicchiere di tchang e se ne andassero anche loro a dormire.

«Nawang è nel villaggio proprio sotto il valico» continuò lo zio, «ma lì non ci sono mezzi per curarlo. Dobbiamo trasportarlo a Leh. È molto preoccupato, non tanto per la sua salute, ma perché lo vogliono incolpare del disastro che avrebbe provocato.»

«La causa, la causa. Quanti soldi ci vorranno... Ma io gli avevo detto di non scavare in quel punto» diceva cantilenando Sanjiv. Sembrava contento di quello che era accaduto, e non smetteva la sua insopportabile nenia.

«Non abbiamo più soldi: vi abbiamo dato quelli della vendita delle capre. C'è ancora un po' di lana e poi... c'è la casa. Che cosa possiamo fare ancora?» chiedeva la mamma singhiozzando.

«Si può fare ancora qualcosa» le rispose lo zio.

«Cosa, cosa! Parli così perché non sai come stiamo vivendo adesso!»

La mamma mi sembrava disperata. Avrei voluto starle vicino, abbracciarla. Ancora una parola, pensavo, e mi sarei alzata dal letto per correre da lei.

E invece ci fu silenzio, finalmente; il sibilo del vento che scendeva dalle montagne, portando fino a noi lontani ululati di lupi, mi sembrò ancora più pauroso. Mi rannicchiai nel letto fino a toccare con le ginocchia il petto: diedi un'occhiata ai miei amici, alla stella e al cavallino, e sentii il sonno che veniva a prendermi. Era troppo leggero, però, perché bastò il rumore di una sedia per risvegliarmi.

«Guarda se la bambina sta dormendo» disse mio zio. Questa volta la stella e il cavallino mi avevano tradita: li avevo implorati di non farmi sentire più niente! E poi la voce dello zio era cattiva: non chiedeva, comandava. Chiusi gli occhi appena in tempo.

«Sì, sta dormendo» disse mia madre sottovoce.

«Un modo per avere molte rupie ci sarebbe. Molte, molte rupie... ci risolverebbe tutti i problemi» osservò lo zio cercando di essere convincente. «Un uomo, uno strano tipo, vuole la bambina.»

«Vuole la bambina! Cosa vuol dire!» esclamò la mamma spaventata.

«Mi sembrava che parlasse seriamente. È disposto a comprare la bambina...»

«Comprare? No, no!» gridò mia madre. «Che idea, come si fa!»

«Si fanno, si fanno eccome queste cose» sentii dire dall'uomo del Bihar.

«Non la vuole per sempre; ha detto che ce la riporterà quando comincerà la brutta stagione.» Adesso lo zio parlava pacatamente, cercando di tranquillizzare la mamma.

«Allora non la compra! Cosa vuole farne? A cosa può mai servirgli Malini?» chiese mia madre sempre più ansiosa.

«Non lo so. Davvero non lo so. Mi ha detto che l'ha vista nella piazza del mercato durante la festa.»

«Le farà del male, la porterà su una brutta strada. Nelle grandi città non rispettano più neppure i bambini. Non possiamo fare questo, neppure Nawang lo vorrebbe.» Mia madre singhiozzava e faticava a terminare le frasi.

«Tobgye ha ragione. Nawang ha bisogno di soldi, di soldi. Lui vuole le rupie; c'è la causa, la causa» diceva Sanjiv con un sorriso amaro che lo faceva apparire insolente.

«Non mi sembra un uomo cattivo: è strano, questo sì, ma ha dei modi di fare gentili. Possiamo fidarci. Alle prime nevi riporterà la bambina, vedrai, non dobbiamo preoccuparci» disse mio zio continuando a rassicurare la mamma.

Io ascoltavo come se parlassero di un'altra persona, non di me. Nessuno mi aveva mai mostrato tanto interesse, e adesso, invece, eccomi al centro dei discorsi dei grandi. Avevo paura, ma mi sentivo anche orgogliosa di essere proprio io quella che poteva risolvere i problemi della nostra famiglia. Cosa sarebbe successo? Dovevo andare via di casa? La mamma mi avrebbe abbandonata? Chi era l'uomo che mi voleva comprare, cosa avrei dovuto fare? Sì, capivo che ero una bambina inutile, che da quando erano state vendute le capre non servivo più a niente. Avevo però l'orto da curare, di sera filavo la lana, ero diventata brava. Speravo, speravo... neppure io sapevo in che cosa.

Mi addormentai e mi svegliai tante volte quella notte, finché la luce del mattino mi apparve come una liberazione. Adesso potevo alzarmi e poi...

«Svelta, portiamo al mercato la lana che ci è rimasta» mi disse la mamma.

Allora non è cambiato niente, pensai: continuerò a stare nella mia casa, nessuno mi porterà via. La nonna mi aveva raccontato una volta che di notte scendono dai ghiacciai gli spiriti cattivi. Entrano nel cuore dei bambini e confondono la mente. Per questo bisogna addormentarsi subito, così non si permette loro di insinuarsi nei nostri pensieri. Aveva ragione: erano stati gli spiriti cattivi a parlare questa notte per mettermi paura e punirmi perché, rimanendo sveglia, avevo disubbidito alla mamma.

Sbirciai in punta di piedi ogni angolo della casa: non c'era nessuno, lo zio e Sanjiv erano spariti. Di sicuro non c'erano mai stati.

La mamma aveva già riempito di lana la mia gerla; me la caricai sulle spalle e, nonostante il peso, mi misi a sgambettare per il sentiero che portava in paese. Il sole era ormai caldo e aveva fatto sbocciare i fiori del mattino, "i fiori di un sol giorno": li chiamiamo così perché già al tramonto appassiscono e muoiono. Però in quelle poche ore di vita sembrano destinati a durare per sempre, con quei loro colori intensi che vogliono gareggiare con la luce del sole.

La piazza del mercato incominciava a riempirsi di gente che portava a vendere la propria merce. Le donne stendevano un telo per terra e vi disponevano sopra la frutta, la verdura, mucchi di sale, spezie: tutto, come sempre, con la massima cura. Anche chi aveva poche e misere cose le sistemava cercando di dar loro un ordine, di formare simmetrie, figure geometriche. Perfino nella povertà la bellezza trovava un modo per mostrarsi attraverso la grazia e la semplicità di chi la ama.

Scendemmo per la lunga scala di pietra che, girando più volte su se stessa, porta nella parte bassa del paese. Scavati nella roccia, tra un gradino e l'altro, si aprono i magazzini dei commercianti più ricchi. Davanti alla porta del suo negozio c'era già il padrone ad aspettarci. Svuotò le nostre gerle sulla bilancia e cominciò a fare i conti di quanto ci doveva.

La luce del sole era radente e così abbagliante che impediva di vedere l'interno del magazzino, lungo e profondo, immerso nella penombra. Non mi accorsi che lì dentro c'era lo zio.

«Sei sicuro che facciamo la cosa giusta?» Mia madre si era rivolta a lui senza guardarlo negli occhi.

«Non c'è altro da fare. Non hai capito? Abbiamo assolutamente bisogno di soldi.» Lo zio fu brusco e, come sempre, la sua voce era cattiva.

«Nawang non sa niente, non siamo riusciti ad avvisarlo. Aspettiamo, proviamo a chiedergli il suo parere» lo implorò la mamma.

«Ma lui sarà senz'altro d'accordo, lo conosco bene.»

«Cosa sarà di Malini, lei è sempre stata con noi! Si ammalerà lontano da qui, non la rivedremo più!»

La mamma piangeva; sentii dirle ancora qualcosa che non riuscii a capire. Fui assalita di nuovo dalla paura, ma continuavo a provare anche quello strano orgoglio di essere proprio io ad aiutare mio padre. Mi terrorizzava l'idea di essere portata via di casa, di dover lasciare il mio paese: però, così, mio padre sarebbe stato curato, sarebbe potuto tornare tra noi, avrebbe di nuovo comprato le capre...

Lo zio sembrò indovinare i miei pensieri, e parlando a mia madre la rassicurava, dicendole che sarei tornata presto, che con i soldi della mia vendita Nawang si sarebbe curato, che avremmo potuto pagare le spese della causa. «E poi» aggiunse, «chi si prenderà Malini non è una persona cattiva. Guardalo, è lì.»

Con un cenno della mano indicò un uomo seduto su un gradino della scala che scendeva verso la parte bassa del paese.

Aveva lunghi capelli grigi che gli arrivavano fino alle spalle, e la barba, ben curata, gli incorniciava il viso. Non aveva la nostra pelle: non era scura e neppure chiara. Assomigliava al colore della terra di primavera quando non è più brulla e incomincia a prendere i riflessi dorati del sole. Anche i vestiti che indossava erano diversi da quelli che porta la gente delle nostre parti. Aveva un giubbetto di tela verde molto grossa, con grandi ricami d'argento, che gli lasciava scoperte le braccia, e una camicia rossa in qualche punto rammendata. Sulle ginocchia teneva appoggiato uno strano cappello nero. Doveva essere molto alto perché i piedi arrivavano a toccare tre gradini più in giù rispetto a dove stava seduto.

Calmo, il suo viso lungo aveva un'aria imperturbabile: intorno a lui sembrava non esserci niente che lo potesse interessare. Con un grosso coltello incideva un pezzo di canna di bambù: la modellava con meticolosa pazienza e ogni gesto era sicuro e calcolato. Di tanto in tanto s'interrompeva per osservare la sua opera: la portava all'altezza del naso, enorme e decisamente sproporzionato rispetto al viso, socchiudeva gli occhi per valutarla con precisione, poi riprendeva a incidere il pezzetto di bambù con molta lentezza, come se muovere il braccio gli costasse un grande sacrificio.

Mio zio s'avvicinò a quell'uomo e incominciarono a discutere sottovoce. Riuscivo però a sentire che stavano parlando di me.

«È quella la bambina che volete?» gli chiese lo zio indicandomi.

Lui fece un cenno d'assenso senza neppure alzare la testa per guardarmi.

«Allora ve la potete prendere per 10.000 rupie» disse lo zio.

«Avevo offerto 6000 rupie, e quello è il suo prezzo» rispose con pacatezza, continuando a intagliare la canna. Non parlava il nostro dialetto, però si faceva capire bene.

«Abbiamo cambiato idea» disse lo zio bruscamente. «Sua madre non vuole darla per meno.»

«Allora potete tenervela» replicò impassibile, alzando questa volta il viso. Aveva gli occhi chiari e pieni di luce. Il suo sguardo così profondo doveva aver messo in soggezione lo zio, perché lo vidi abbassare la testa e rimanere in silenzio.

Mi ero nel frattempo avvicinata alla mamma, prendendole la mano e stringendogliela con tutte le mie forze, perché pensavo che da un momento all'altro mi avrebbero portata via.

«Guardatela bene» continuò lo zio dopo qualche istante. «È molto forte per la sua età, può lavorare sodo e ha un buon carattere, non vi dirà mai di no.»

«È debole, non sa neppure cosa sia la fatica» replicò quell'uomo con sicurezza, come se mi conoscesse bene. Pronunciò queste parole senza severità, con il sorriso sulle labbra.

«Non è vero, non è vero! Voi non l'avete vista arrampicarsi in montagna con le capre!» Mi fece un cenno perché mi avvicinassi. Stringevo la mano della mamma così forte che avrebbero dovuto tagliarmi il braccio per separarmi da lei. Mia madre scese allora qualche gradino per portarmi accanto a quell'uomo. Mi accorsi che tra il suo corpo e il muro della scala stavano accucciati un cane e una scimmia. Il cane era piccolo: non ne avevo mai visto uno simile, con il pelo bianco e morbido che gli copriva gli occhi scendendo fino al naso. Mi veniva voglia di accarezzarlo, ma la mano che avevo libera non arrivava a toccarlo.

Le scimmie invece le conoscevo: le portano d'estate i mercanti che arrivano da lontano. Corrono per il paese, fanno un gran baccano; ma non ne avevo mai vista una vestita. Portava una giacchetta rossa, ricamata con un filo dorato sui bordi, della stessa stoffa della camicia che indossava il suo padrone. Il musetto era quasi bianco, mentre le zampe e la coda, uniche parti del corpo che rimanevano scoperte, avevano il pelo rossiccio. Una corda, stretta al collo, la teneva legata al polso del suo padrone, ma non mi sembrava avesse voglia di scappare.

«Ecco, guardatela bene» disse mio zio appena gli fui vicino. Mi alzò la gonna che scendeva fino alle caviglie, scoprendomi le gambe. «Toccatele, toccatele: sentite come sono forti.»

Mi spaventai ancora di più e cercai di nascondermi dietro a mia madre.

«Sono debolucce» rispose l'uomo, che aveva gettato appena un'occhiata alle mie gambe.

«Vedrete come saprà lavorare sodo. Vi accorgerete subito di come resisterà alla fatica!» esclamò mio zio.

«Male e per poco tempo» gli rispose l'altro.

«Guardatela, toccatela vi dico, se no non potrete convincervi» continuò a insistere lo zio, strappandomi da mia madre e sollevandomi di nuovo la gonna. Appena mi lasciò, ritornai a rifugiarmi tra i vestiti della mamma: non mi sentivo diversa dalle mie capre quando le avevamo portate a vendere. Contrattavano il prezzo e mia madre voleva che fossero toccate, perché il mercante capisse quanto erano sane. E lui le aveva ben palpate sotto la pancia e guardate attentamente dentro la bocca. Ma non mi sentivo umiliata: neppure sapevo cosa fosse l'umiliazione. Avevo solo paura.

L'uomo non mi toccò, e il primo sguardo che mi aveva dato doveva essergli bastato per farsi un'idea di me. Continuò a lavorare al suo pezzetto di bambù, indifferente alle insistenze di mio zio. Era proprio strano con quel suo cagnolino bianco infastidito dalle mosche che gli ronzavano intorno al nasetto, e con quella scimmia vestita a festa che, stanca di rimanere ferma, si era messa a saltellare a destra e a sinistra, dando strattoni alla corda.

«Facciamo 9000 rupie e vi prendete la bambina» disse lo zio porgendo la mano a quell'uomo.

«No: il prezzo è 6000 come avevamo stabilito. E poi non compro la bambina, la prendo in prestito» rispose con la solita calma e con una fermezza che non lasciava nessuna possibilità di trattativa.

«Ma scusate» continuò lo zio, «a cosa vi serve la piccola?»

L'uomo smise di intagliare il bambù, fissò negli occhi mio zio senza pronunciare una parola; depose nel sacco che aveva accanto a sé il pezzetto di legno e si alzò in piedi. Era altissimo e portava un paio di pantaloni che avevano una forma davvero ridicola: molto larghi sui fianchi e poi sempre più stretti fino a chiudersi alle caviglie, a cui si legavano con un nastro rosso. Si stiracchiò la schiena, allargò le braccia, si allungò sovrastando di molto mio zio. Gli posò una mano sulla spalla e gli disse con un tono di voce amichevole: «Come vedete, sto invecchiando; ho bisogno di compagnia. Le giornate mi diventano sempre più lunghe e noiose...».

In quel momento il mercante chiamò mia madre per poterle pagare la lana. Tenendola sempre stretta per mano, anch'io entrai con lei nel magazzino. L'odore di capra e quello dolciastro della lana da poco tosata che si respirava là dentro mi distolsero dai discorsi che avevo ascoltato.

«Su, quando avete finito qui torniamo a casa» sentii dire dallo zio dopo che ci ebbe raggiunte.

A casa? Allora non dovevo andar via con quell'uomo, non ero stata venduta! "A casa" aveva detto lo zio, e a lui si doveva ubbidire. Mi sentivo fuori pericolo: lasciai la mano della mamma e corsi veloce sul sentiero verso la mia casa. Com'ero felice! Come mi era stato semplice capire cosa fosse la felicità.

III

Quella sera, appena fui a letto, cercai inutilmente le parole per raccontare alla stella e al cavallino tutto quello che mi era successo durante il giorno. "Andiamo a casa": continuavo a sentire questa frase che mio zio ci aveva detto al mercato. E io ora la ripetevo in silenzio come se fosse una ninna nanna che mi aiutava ad addormentarmi.

Quando mi risvegliai, guardandomi subito attorno, controllai che ogni cosa fosse al suo posto per rassicurarmi che ero ancora nella mia casa. Non c'era nessuno. Da quando non avevo le capre da portare al pascolo, dormivo di più e avevo perso tutte le abitudini che regolavano la mia giornata. Pensavo di essermi dimenticata qualcosa di importante che avrei dovuto fare insieme a mia madre: ma perché non mi aveva svegliata? Ero davvero inutile alla mia famiglia? Corsi subito nell'orto per controllare se c'era qualche novità e mi sembrò una fortuna trovare la recinzione danneggiata da qualche animale che nella notte era riuscito ad aprirsi un varco. Mi sarebbe servita almeno mezza giornata per aggiustarla. Stavo lavorando quando sentii la voce severa dello zio Tobgye ordinarmi di rientrare in casa.

Avevo sempre ubbidito, non perché sapessi che fosse giusto comportarsi così ma perché, semplicemente, ubbidivo, proprio come per istinto mettevo le mani davanti al viso quando avevo paura. In quel momento, per la prima volta, pensai che potevo disubbidire, che potevo rimanere nel mio orto o correre via lontano.

E invece eccomi in casa, come mi aveva ordinato lo zio, di fronte a lui e a quell'uomo strano che avevo visto il giorno prima seduto sulla scalinata di pietra che porta nella parte bassa del paese.

«Vai con lui, presto» disse lo zio, guardandomi come se avessi commesso una cattiva azione.

Andare con lui? Cosa voleva dire, che avrei dovuto abbandonare la mamma, i miei fratelli, la casa? E per andare dove, per fare che cosa?

Dovevo ubbidire e basta, come sempre, senza chiedere spiegazioni. Se ci fosse stata almeno mia madre! Ubbidire a lei sarebbe stato diverso. E adesso? Potevo ancora scappare, su, verso la montagna, là c'era una capanna che i pastori hanno costruito per ripararsi dai temporali. E poi, se anche la mamma fosse stata d'accordo nel vendermi a quell'uomo? Non abbiamo più soldi, capre, lana, e mio padre ha bisogno di noi: rimango io, ci sono soltanto io per aiutarlo!

Mi sentii afferrare per il polso. Non mi misi a gridare, non feci resistenza; piangevo, piangevo così tanto che le lacrime mi impedivano di vedere.

«Non avere paura, Malini» mi disse quell'uomo.

È strano sentirsi chiamare per nome da una persona che non si conosce: è come se voglia cercare amicizia o dimostrare che sa tutto di te. Però la sua voce era gentile, forse per via di quel suo curioso accento cantilenante mi sembrava una persona buona.

«È pronto il suo sacco?» chiese allo zio. «C'è davvero poca roba dentro» osservò dopo aver preso la borsa.

Mi trascinò fuori di casa e, appena superato il cancello, liberò il mio braccio. «Su, dobbiamo andare alla svelta, è già tardi» mi disse convinto che gli avrei ubbidito.

Quello era il momento buono per scappare. Dovevo correre con tutte le mie forze fino agli alberi, come avevo fatto tante volte; non mi sarebbero mancati né le gambe né il fiato. Poi, non mi avrebbe presa più nessuno: la terra della collina è piena di buche e avvallamenti, ci sono massi nascosti tra l'erba e in alcuni punti l'acqua s'infiltra formando paludi invisibili. Conoscevo bene quelle insidie: le avrei evitate facilmente, mentre chi mi rincorreva avrebbe dovuto stare ben attento per non farsi male. E, appena girato il dosso, avrei preso il sentiero nascosto che porta al rifugio dei pastori. Ero salva.

E invece mi misi a camminare a fianco di quell'uomo. Perché non mi prendeva per il braccio? Perché era convinto che lo seguissi? Non era facile stargli vicino: così alto faceva dei passi tanto lunghi che presto cominciai a rimanergli dietro; ma lui non si preoccupava. A un certo punto rallentai fino a fermarmi. Allora sentii abbaiare il cane, quello piccolo con il pelo bianco che avevo visto con lui il giorno prima in paese. L'uomo si voltò, mi chiamò ancora una volta per nome: ubbidii; camminare non bastava, così mi misi a trotterellare per stargli vicino.

Salivamo per la strada che porta in cima alla collina, larga e poco ripida. Io non la prendevo mai, preferivo tagliare per le scorciatoie e rimanere in mezzo ai prati. Avrei voluto dirgli che c'era un sentiero più rapido... ma per andare dove? Così continuavo a camminare e a correre per tenere il passo di quello strano uomo, con il cane che gli saltellava intorno festoso, e con la scimmia che di tanto in tanto sbucava con la sua testolina da sotto il giubbotto del suo padrone.

«Possiamo fermarci?» gli chiesi. Pronunciai quelle parole senza neppure accorgermene, come se fosse stata un'altra persona a parlare. Avevo deciso tra me e me di rimanere zitta per tutto il resto della mia vita per fargli capire che gli ubbidivo ma non ero per niente contenta. E invece incominciavo a capire quanto fosse difficile rispettare le proprie intenzioni soprattutto quando si è piccoli.

«Allora è vero quello che immaginavo: non sei così forte come raccontava tuo zio... E va bene, Malini, riposiamoci, ma soltanto qualche minuto, perché c'è ancora molta strada da fare prima del tramonto.»

Non ero affatto stanca: sapevo che dopo la curva la strada scendeva in una valletta e poi sarebbe risalita dalla parte opposta. Non avrei più rivisto il mio paese. Da lì, invece, seduta su una grande pietra, potevo ancora riconoscere la mia casa, il recinto vuoto delle capre e distinguevo bene anche l'orto: chissà chi avrebbe curato le mie piantine, proprio adesso che era arrivato il momento più delicato! Mi pareva di scorgere la zappa ancora lì dove l'avevo lasciata quando lo zio mi aveva ordinato di entrare in casa. In quell'istante, ecco, una donna con il vestito blu e rosso aprì il cancello ed entrò in casa; uscì subito guardandosi intorno e portando le mani alla bocca come per chiamare ad alta voce qualcuno. Poi andò a sedersi sulla panca accostata al muro. Era mia madre; non mi cercava, evidentemente sapeva che ero stata portata via.

Adesso si muoveva con una strana lentezza e in modo quasi automatico, con ampi gesti delle braccia. Sembrava stanca: aveva già nostalgia di me? E se invece fosse d'accordo anche lei...? significava che era giusto così: e forse un giorno mi sarei convinta anch'io che quella era l'unica cosa da fare. Ma ora riuscivo solo a piangere. A un tratto il cagnolino mi saltò sulle ginocchia e cominciò a leccarmi il viso: lo accarezzai e guardai l'uomo che mi aveva comprata, mentre fumava una grossa pipa bianca, dando intanto da mangiare qualche nocciolina alla scimmia. Ormai, quella era la mia nuova famiglia.

«Ci siamo riposati abbastanza» disse il mio padrone.

Cercai una sporgenza della pietra su cui ero seduta per tenermi aggrappata con tutte le mie forze. Sentivo che entro pochi minuti sarei stata presa e sradicata da quel posto come si fa con le piante secche. Stringevo la roccia e non distoglievo lo sguardo dalla mia casa, dalla mamma che non mi cercava.

Non sarei più ritornata, sentivo che non avrei più rivisto quel prato e quelle montagne misteriose che confondono il bianco delle cime con l'azzurro del cielo. Però il mio padrone aveva promesso allo zio che mi avrebbe riportata qui in autunno: io lo avevo sentito, ne ero sicura. Non sarei rimasta lontana per molto tempo. Dovevo solo ubbidire: non mi sarebbe successo niente e avrei anche potuto aiutare mio padre. Tutti in paese sarebbero stati orgogliosi di me e forse avrebbero fatto una festa in mio onore, come per Lobzang quando ritornava a casa dopo il lavoro su al passo.

«Adesso dobbiamo andare» mi disse il padrone alzandosi e porgendomi la mano per aiutarmi a rimettermi in piedi. Continuavo a tenermi attaccata alla pietra e nello stesso tempo avrei voluto essere presa per mano. Quando stavo per allungare il braccio verso di lui era ormai troppo tardi: il mio padrone si era già voltato per sistemare la scimmia sotto il suo giubbotto.

Il sentiero scendeva per circa un chilometro raggiungendo i pascoli dove solitamente portavo le capre. Altri pastori erano lì fin dall'alba: mi pareva di riconoscerli tutti, anche se passavo lontano. Avrei potuto correre da loro perché mi aiutassero a nascondermi. Nessuno mi avrebbe più trovata. E poi...

Camminavo un passo dietro a quell'uomo che neppure si preoccupava di guardare se lo stessi seguendo. Allora cominciai a rallentare e a rimanere sempre più distante, ma quando tra noi ci separarono alcuni metri, il cane prese ad abbaiare: era lui che mi sorvegliava. Accelerai il passo e raggiunsi il pa-

drone: poi tornai a camminare piano e, do
ecco il cane abbaiare. Una corsetta per riavv
e di nuovo mi fermavo, aspettando di sentir
abbaiare il cagnolino. Continuai così, avanti
tro: mi divertivo con quella buffa bestiola che uno dei miei cani, con cui portavo le capre al pascolo, si sarebbe potuto mangiare in un boccone.

Quando arrivammo al fondo della valle e il sentiero riprese a salire dietro la collina, tutto il mio mondo lentamente cominciò a sparire. Da quella parte non ero mai stata, perché il declivio era pietroso e non c'era erba per le capre. Non c'erano neppure colori: il sole rimaneva nascosto dietro la cima della montagna e intorno a me tutto si confondeva tra il grigiore delle rocce e dei massi scivolati giù dal ghiaione. La mia montagna, che dal versante che domina il nostro paese sembrava sfidare la luce del cielo, ora era senza vita, come se volesse mostrarmi quell'immagine fredda e spenta perché, andandomene via, non avessi nostalgia della sua bellezza.

Nell'ombra sempre più gelida, il sentiero era rimasto coperto di neve. I miei sandali scivolavano e, senza farmi male, ero però già caduta qualche volta.

«Mettiti queste!» mi disse il padrone.

Camminavo a testa bassa e non mi ero accorta che si era fermato e aveva preso dal suo sacco un paio di scarpe. Erano di cuoio con una grossa suola di gomma; non avevo mai avuto delle scarpe vere, costavano troppo e io, come gli altri bambini del paese, mi facevo bastare le calze di lana sopra ai sandali.

«Avanti, non perdiamo tempo!» Mi porgeva quelle scarpe così belle che non avevo il coraggio di renderle. Mi sollevò allora di peso: ero sicura che mi avrebbe fatto del male e castigata perché avevo camminato troppo adagio. Impaurita, stordita, mi pareva che la montagna girasse intorno alla mia testa: avevo chiuso gli occhi e aspettavo. Mi ritrovai di nuovo sulle mie gambe e con quelle scarpe ai piedi. Forti, resistenti: potevo camminare senza più scivolare, senza che i sassi mi pungessero sotto la suola leggera dei sandali. Com'ero felice con quelle scarpe! Se mi avesse vista la mamma, anche lei sarebbe stata contenta!

Non mi ero mai allontanata tanto dal paese, e la montagna non mi aveva mai fatto così paura; era diversa: vista dal prato vicino alla mia casa, brillava con la neve che pareva una nuvola appoggiata sulla cima. Molte volte avrei voluto scalarla per incontrare gli eroi buoni che si nascondevano tra i suoi crepacci, e così raccontare anch'io alla sera le mie storie, come facevano i grandi. Ma adesso, mentre camminavo per quei pendii, mi sembrava che qualcuno avesse spento la sua luce per non lasciarmi scorgere nulla, perché non scoprissi i segreti che custodiva.

Il sentiero saliva, coperto da uno strato di piccole pietre che franavano con la semplice pressione del piede. A ogni passo le scarpe scivolavano, arrestandosi dove trovavano la resistenza della roccia: le stavo usando da non più di mezz'ora e le avevo ormai già graffiate e tagliuzzate in più punti. Mi dispiaceva sciupare il mio regalo. Non c'era altro da fare: mi fermai e in un attimo mi tolsi le scarpe infilandomi i vecchi sandali che tenevo nel sacco.

«Cosa fai?» mi chiese il padrone. «Rimetti subito le scarpe che ti ho dato.»

Rimasi ferma senza ubbidirgli e senza rispondergli. Poi trovai il coraggio: «Non voglio rovinarle» gli dissi con un filo di voce.

«Avanti, non essere stupida. Con quei sandali rischi di cadere e farti male.» Si era quasi inginocchiato per guardarmi negli occhi.

Trovai il coraggio per replicare al suo ordine: «Le scarpe si tagliano contro la roccia» gli dissi sicura.

«E allora, appena saremo in città, ne compreremo delle altre.»

Un altro paio di scarpe, pensai! Chissà che sorpresa quando lo racconterò alla mamma! Ubbidii e mi sembrò subito di camminare meglio e più veloce di prima sul sentiero che saliva ripido e tortuoso, mentre la montagna cominciava a distendere dappertutto ombre sempre più lunghe. Il vento si alzava dalle gole come se avesse trovato la forza per liberarsi dalla prigione in cui veniva trattenuto: era freddo e mi pungeva il viso, sapevo che a quell'ora si doveva già essere a casa, perché l'oscurità arrivava all'improvviso; e avevo capito che il mio padrone non conosceva la montagna. Camminava traballando; non era mai sicuro dove appoggiare i piedi: era davvero ridicolo per come era vestito, per come si muoveva, per la compagnia di quel cane tutto peloso e di quella scimmia viziata. Un uomo così, pensavo, forse non mi avrebbe fatto del male, ma chissà in quanti pericoli prima o poi mi avrebbe cacciata.

«Non siamo lontani. Tra poco ci fermeremo» disse ansimando.

Stavo zitta e continuavo a camminare a testa bassa. Dove ci fermeremo? Qui non c'è niente se non roccia e ghiaccio; ci sono i lupi, invece, e finiremo nella loro pancia.

Dopo una breve salita, la strada curvò all'improvviso, allargandosi. Ci trovammo di fronte a un recinto con i muri fatti di grosse pietre sovrapposte che sostenevano un tetto, per metà crollato.

«Non è proprio come me lo ricordavo, ma può andare bene lo stesso» disse il mio padrone.

Si guardò intorno e, una volta entrato, fece un'accurata ispezione, scegliendo un angolo asciutto e riparato dove appoggiare la sua roba. Credevo che gli uomini fossero come mio padre, sempre agitati e preoccupati per qualsiasi cosa; e credevo che quello fosse lo stato d'animo giusto per affrontare la vita e risolvere le situazioni che di volta in volta ci si trovava di fronte. Il mio padrone continuava a essere come l'avevo visto la prima volta, quando era seduto sulla scalinata che porta nella parte bassa del mio paese: imperturbabile quasi che nulla potesse mai preoccuparlo. Ormai avevo capito che ci saremmo fermati a dormire in quel rudere e io, che conoscevo la montagna molto bene, sapevo che sarebbe stato pericoloso. Eppure, vedendolo così calmo, non ero per niente impaurita e, con serenità, mi affidavo a lui.

«La prima cosa da fare è non stare al freddo, la seconda è non rimanere con la pancia vuota» disse.

Il cane e la scimmia dovevano aver intuito soprattutto la seconda frase, perché cominciarono a saltellargli intorno eccitati e festosi. Il padrone prese dal suo sacco una stuoia, srotolò due vecchie pelli di yak distendendole accuratamente per terra, poi raccolse qualche pezzo di legno e accese con molta abilità un bel fuoco davanti all'ingresso di quella che stava diventando la nostra casa.

«Adesso sedetevi qui.» Gli animali ubbidirono subito. Ero sorpresa e divertita: rimanevo in piedi incantata a guardarli. «Avanti, vieni anche tu, c'è posto per tutti» mi disse.

Rovistò nel suo sacco e tirò fuori una forma di pane e un cartoccio che aprì con molta delicatezza. A me toccò la fetta più grande e anche un pezzo di ricotta. Certo, a casa mia mangiavo meglio, e quella prima cena lontano dalla mamma non era proprio quel che si poteva desiderare. Ma avevo imparato a non lamentarmi e, ora, da questo mio strano padrone, stavo imparando a prendere le cose così come venivano senza troppi pensieri.

«È arrivato il momento di presentarci. Staremo insieme per molto tempo, quindi è bene conoscerci» disse con una certa solennità.

Si portò due dita alle labbra. Un fischio breve e acuto richiamò il cane e la scimmia che stavano curiosando e frugando ogni angolo.

«Robert, saluta la signorina Malini.» Schioccò le dita e il cane si avvicinò e mi diede la zampa. «E adesso è Juliette che deve dare il benvenuto.» A un suo cenno la scimmia fece una piroetta su se stessa mettendosi a sedere di fronte a me.

Ero a bocca aperta. Forse si aspettavano che rispondessi al loro saluto, ma le parole mi si erano seccate in gola e non mi riusciva di muovere neppure un dito.

«Sono bravi, vero?» disse il padrone. «Ma non credere che sappiano fare solo questo.» Prese dal suo sacco uno strumento che non avevo mai visto prima, fatto di canne legate insieme, e incominciò a soffiarci dentro. Ne uscì una musica allegra e, a quel suono, il cane si alzò su due zampe e si mise a saltellare seguendone il ritmo. «Vedi, sono riuscito a far ridere anche te» mi disse. «Ma, proprio per questa eccezionale serata, lo spettacolo non può finire.»

Mi girai pensando che ci fossero altre persone perché aveva usato il tono di voce di chi parla a tanta gente.

Questa volta dal suo sacco prese un grande fazzoletto rosso: «Tieni, pulisciti il naso». Esitai qualche istante prima di usarlo, perché mi avevano incuriosito altre due cose uscite dalla sua borsa. Una era simile alle trombe che suonano i monaci del mio monastero, così lunghe e pesanti che ci vogliono due persone per sollevarle. La sua però era molto piccola. L'altra era un tamburello: anche questo lo avevo visto suonare dai monaci, solo che non era più grande del palmo di una mano.

«E adesso tocca a te» disse rivolgendosi alla scimmia. «Per favore, non essere pigra e non farmi fare brutta figura.»

La scimmia afferrò la trombetta, portandosela alla bocca, e con le due zampe posteriori impugnò saldamente il tamburello. Il padrone prese a fischiettare con il suo flauto e a quel suono anche la scimmia cominciò a soffiare nella trombetta e a battere il tamburello, mentre il cane si mise di nuovo a saltellare e, quando con un giro più largo passò accanto alla scimmia, questa gli balzò sulla schiena come se fosse un cavallo. Erano buffissimi: un'esibizione così divertente non l'avevo mai vista, neppure durante le feste del mio paese, quando nella piazza arrivava gente di ogni tipo e si facevano tanti giochi.

Con un bel trillo acuto e un gesto della mano, il padrone mise fine a quella rappresentazione. Allora la scimmia saltò sulla sua spalla e il cane, ritto su due zampe, venne verso di me, abbassando due volte la testa.

«Sappiamo fare tante altre cose; questa è solo una parte del nostro repertorio. Divertiamo ogni volta tanta gente. Il nostro lavoro è importante: c'è chi è solo capace di rendere le persone tristi e piene di preoccupazioni e chi, come noi, sa farle sorridere e gli fa dimenticare i problemi.»

Mi guardò con quei suoi occhi chiari. Non ne avevo mai visti di quel colore. Davvero: quella musica e quella gioia avevano trasformato una casa diroccata e gelida nel posto più allegro che avessi mai conosciuto.

«Non mi capisci ancora, vero?» mi chiese.

«No, padrone.»

«Chiamami Français.»

«Come, padrone?»

«Français. Viene da Francia, che è uno Stato come il Ladakh, solo che è in Europa.»

Abbassai la testa: non sapevo nulla di quello che mi diceva. Non ero mai andata a scuola; nessuno del mio paese ci andava. Qualche volta, quando potevo salire al monastero, mi piaceva osservare i monaci che leggevano e pregavano. Uno di loro mi aveva promesso di insegnarmi a riconoscere le lettere del suo libro. Ma non avevamo più avuto tempo.

«Mi chiamano così» continuò «per il mio modo di parlare. Ma tutti quelli che sono nati come me a Pondicherry hanno il mio accento.»

Prese la sua pipa bianca e incominciò a fumare e a sognare, osservando le nuvole azzurre del tabacco bruciato. «Mia madre e mio padre forse erano francesi e artisti, se no non poteva nascere un artista come me. Sai chi sono gli artisti?»

«No, padrone.»

«Ti ho detto di chiamarmi Français.»

«Sì, padrone Français.»

«... e va bene. Ti sembro strano, vero?»

«No, padrone.»

«Français.»

«Sì.»

«Perché non hai mai visto un artista di scuola europea, come sono io, educato al canto e alla musica. Ah, se potessi ancora suonare il pianoforte! Sai cos'è un pianoforte?»

«No, padrone.»

«Il mio palcoscenico doveva essere l'Europa, la Francia, l'Italia, e invece devo accontentarmi delle città dell'India.»

Fumava e adesso accompagnava le sue parole con ampi gesti della mano. Il cane e la scimmia erano venuti a sedersi disciplinatamente accanto a me e sembravano capire molto meglio di me cosa stesse dicendo.

«Accontentarsi, desiderare ciò che si ha: questo è il segreto della felicità. Presto ti accorgerai che si devono fare tanti sacrifici per sopravvivere, soltanto per tirare avanti, non per avere ciò che si vuole. Ti troverai bene con noi, sei stata fortunata: ricordalo. Tuo zio avrebbe potuto venderti a chiunque. E invece imparerai tante cose, vedrai il mondo con i tuoi occhi e non con quelli degli altri, capirai la vita con il tuo cuore, non con le parole degli altri.»

Cos'altro avrei dovuto imparare? Avrei voluto saper leggere, ma la mamma diceva che non ce n'era bisogno. Mi aveva insegnato a filare la lana, a cucinare il tsampa, il thug-kaps, il pa-ba, e mio padre mi aveva portata con sé sulla collina, mostrandomi i pascoli migliori per le nostre capre, spiegandomi cosa dicono le nuvole e i colori del cielo per capire se dovevo tornare in fretta a casa e proteggere il gregge dalla tempesta.

Volevo dire al mio padrone che non avevo mai desiderato niente di più di quello che avevo... finché lui non mi aveva portata via. Adesso avrei dovuto badare ai suoi animali, perché non scappassero e non venissero rubati, ma non mi sembrava un lavoro più bello che portare al pascolo le capre, e non capivo cosa ci fosse da imparare. Ecco, non avevo mai conosciuto uno come lui. Era allegro, e le persone allegre sono sempre buone, diceva la mamma. Forse avrei dovuto imparare a essere allegra come lui per diventare buona. Lo guardavo: parlava, parlava. Raccontava la sua vita d'artista, i suoi incontri, le sue avventure. Non capivo niente, ma non staccavo gli occhi da lui e dai suoi animali che lo ammiravano, che, non appena sentivano un tono di voce più alto, uno si metteva a scodinzolare, l'altra a saltellare. Gli era bastato davvero poco per trasformare quella casa diroccata in un luminoso palcoscenico.

Esistono gli incantesimi. Ma esistono anche gli istinti che orientano nelle situazioni più diverse della vita. Con quell'uomo non avrei mai avuto paura.

IV

Ero stata abbandonata: questo era tutto ciò che capivo. Lasciavo i miei genitori, la mia casa, il paese che rappresentavano tutto il mio mondo, e me ne andavo. Con chi? Non lo sapevo. Dove? Non lo sapevo. Dovevo sentirmi almeno triste, ma non lo ero; dovevo essere impaurita, ma non avevo paura. La tristezza, lo smarrimento, che mi avevano fatto soffrire come mai prima avevo sofferto, si erano dileguati. Nessun altro sentimento aveva preso il loro posto. Non ero certo felice e neppure curiosa: era come se avessi consegnato la mia vita nelle mani di quell'uomo e io fossi svanita. Mi ero divertita assistendo alla "rappresentazione" del cane e della scimmia, mi ero stupita guardando quegli animali ammaestrati, ma poi, come se una nuvola fosse scesa sulla mia anima, ogni emozione era sfumata. Stavo insieme soltanto da un giorno al mio padrone, al Français, come voleva che lo chiamassi, e mi sembrava di aver già trascorso con lui un tempo infinito.

Non avevo sonno, non capivo niente di quello che succedeva: era la prima notte che trascorrevo senza potermi confidare con la stella e il cavallino. Ma la mamma, se fosse stata tanto buona, mi avrebbe venduta? Certo, mio padre era più importante di me, e anch'io dovevo aiutarlo: ma non c'era modo di aiutarlo rimanendo nella mia casa, nel mio paese?

Tra poco, pensavo, avrei avuto paura. Aspettavo; vedevo la luna alzarsi: tra breve i lupi avrebbero incominciato a lanciare i loro richiami. Mi facevano tremare, ma, fino a ieri, a quell'ora della notte ero già nel mio letto e, al sicuro, ogni timore si trasformava nel piacere di sentirmi protetta. Adesso, invece, tra quei muri diroccati, distesa su un po' di paglia umida, non avrei avuto nessuna difesa. L'ululato dei lupi arrivò con il vento. Infilai la testa sotto la coperta di yak per nascondermi meglio, eppure quei suoni lamentosi e cupi, più intensi del rumore del vento, non mi mettevano nessuna paura.

Era strano, mi pareva impossibile. Tirai fuori lentamente la testa, mi guardai attorno: era come se in pochi istanti fossi diventata grande. La luce del fuoco rischiarava il viso del mio padrone: lungo, magro, solcato da rughe profonde, eppure nei suoi tratti qualcosa lo rendeva infantile. Era come se lo vedessi per la prima volta. Conoscevo bene le sue gambe, il suo corpo che ondeggiava come una canna di bambù, e quei piedi che traballavano tra le rocce e l'erba li avrei riconosciuti tra mille. Ma non avevo ancora avuto il coraggio di fermare lo sguardo sul suo viso. Appena mi parlava abbassavo gli occhi, e nel rispondergli non osavo alzarli.

Leggeva un libro, assorto, come se si trovasse nella stanza più quieta del nostro monastero. Credevo che i libri fossero cose molto preziose che solo i monaci potessero possedere e solo le persone importanti fossero in grado di comprendere. Di sicuro il mio padrone non era una persona importante, eppure aveva un libro e leggeva, tutto raccolto in se stesso, come se non ci fosse niente intorno a lui. Mi sarebbe piaciuto saper leggere: forse era l'unico modo per rifugiarmi anch'io in un altro mondo.

«Finalmente! La nostra amica è ritornata tra noi dal suo sonno. Robert, dalle il benvenuto.»

Alle parole del padrone, il cagnolino si mise a girarmi intorno saltellando sulle zampe posteriori e facendo ogni tanto una capriola. Nessuno mi aveva mai svegliata così. Ero pronta a piangere: questa volta dalla gioia, ma, come se una mano mi avesse strappato quella inattesa emozione, rimasi indifferente, senza neppure un sorriso.

Non era trascorso molto tempo da quando ci eravamo rimessi in cammino che cominciammo a udire un frastuono sempre più assordante di motori e di clacson. Qualche camion lo avevo già visto quando entrava in paese e noi bambini lo circondavamo per festeggiarlo sperando che l'autista ci regalasse qualcosa. Ma su al passo ce n'erano tantissimi, bloccati là perché la strada che scendeva a valle era in qualche punto franata, rendendo la marcia molto lenta. A piccoli gruppi gli uomini cercavano di aiutare i camionisti a passare, spalando i detriti e sistemando la strada. Erano sporchi, luridi come la montagna; sembravano malati e tristi; sputavano e tossivano per l'aria fetida in cui l'odore acre che si alzava dai bidoni colmi di pece si mescolava con la puzza dei motori. Mio padre faceva il loro lavoro: tra quegli uomini poteva esserci anche lui, se non si fosse ferito.

Lo zio era stato cattivo con me, ma aveva avuto ragione: bisognava trovare i soldi per aiutare mio padre che quassù aveva già sofferto troppo. Forse l'anno prossimo avremmo potuto passare la primavera tutti insieme, avremmo comperato le capre e guardato la montagna dai pascoli vicino a casa. Da laggiù è meravigliosa: le rocce brillano come argento e la neve è soffice come una coperta di lana pashmina.

Il padrone ci aveva portati in un punto dove la strada si allargava. «Aspettiamo qui» aveva detto, senza darci spiegazioni. C'era qualche altra persona: soprattutto vecchi con grossi pacchi; una donna teneva legata alla corda una capretta. Era piccola, non era nata da più di due settimane. Stava soffrendo: io lo sapevo, capivo subito quando una capra è ammalata. Volevo avvicinarmi e accarezzarla, ma non mi muovevo dal fianco del mio padrone che si era seduto su una grossa pietra e aveva acceso la sua pipa.

«Ti piacciono proprio le tue scarpe!»

Si era accorto che le stavo pulendo con un pezzo di carta, strofinandole con tutte le mie forze per togliere il fango. A quelle parole mi fermai subito, nascondendo la carta dietro la schiena.

«Non ti sto rimproverando... e non tenere sempre gli occhi bassi quando ti parlo: guardami, e se hai qualcosa da chiedermi non preoccuparti, vedrai che ti rispondo e non ti mangio!»

Ma non volevo chiedere niente, non volevo sapere più niente. Prima sì, prima mi sembrava di camminare nel buio e avrei voluto domandargli dove stavamo andando, cosa avrei dovuto fare, perché aveva deciso di comperare proprio me. Adesso andava bene così: avrei dovuto comunque ubbidirgli. Guardavo la punta delle mie scarpe: ero riuscita a togliere il fango, ed erano diventate proprio belle. Speravo soltanto che il padrone me le lasciasse usare per sempre.

Non trascorse molto tempo che si fermò davanti a noi una corriera. Il padrone nascose sotto il suo giubbotto Juliette, diede un ordine a Robert e mi fece segno di salire. Era proprio una corriera verde e gialla come quella che mio padre prendeva ogni mese subito dopo la brutta stagione per andare al mercato del bestiame: apriva il finestrino prima di partire e ci salutava. Ma io non avevo mai visto com'era dentro, e adesso, invece, c'ero sopra: mi sentivo eccitata, mi sembrava di essere per la prima volta – da quando avevo lasciato la mia casa – libera di provare un'emozione nuova, forse perché a provocarla non era una persona, non era il padrone che mi aveva portata via o il pensiero della mamma o di mio padre, ma una cosa, una corriera, incolpevole della mia sorte.

«Siediti lì, così potrai vedere fuori e accorgerti che c'è un mondo anche oltre queste montagne» disse il padrone. «Robert sale sulle tue ginocchia e Juliette dovrà subito dormire perché sa bene che l'autobus le fa male.»

Non avevo bisogno di aprire il finestrino perché

non c'era il vetro: mi guardai in giro, mi sarebbe piaciuto avere qualcuno da salutare, ma non conoscevo nessuno. Ah, ecco, potevo dire addio alla capretta. La donna che la teneva legata non era salita, forse era venuta ad accompagnare suo marito come faceva la mia mamma col papà.

Con uno scossone che fece ruzzolare qualche pacco, la corriera si mosse. Affacciata al finestrino agitavo la mano per salutare quella capretta che diventava ancora più piccola, sparendo con il mio paese e con la mia terra che mi abbandonavano.

Tutto scricchiolava e sobbalzava là dentro: il rumore era assordante. Fuori la montagna scivolava via, silenziosa. La gente parlava a voce alta, quasi gridava per farsi sentire. Davanti a me due donne discutevano dei prezzi che avevano dovuto pagare al mercato, e anche dietro c'erano delle persone che si lamentavano parlando di soldi. Mi ricordavo come ero curiosa di sapere cosa si dicevano i grandi quando si trovavano nella nostra casa e noi piccoli venivamo allontanati perché non dovevamo ascoltare i loro discorsi. Parlavano di soldi, adesso capivo: discutevano sempre di soldi. Era stato così anche la sera prima, quando lo zio aveva voluto che andassi a dormire: ma io avevo sentito tutto; parlavano di soldi e io non ero altro che un mucchio di rupie per mio padre.

Solo il mio padrone era silenzioso, con il suo libro e la pipa. Juliette rimaneva nascosta sotto il giubbotto, e Robert si era messo ritto su due zampe con il muso fuori dal finestrino. L'aria gli faceva sventolare le orecchie e gli spazzava via il pelo dagli occhi. Credo fosse felice perché poteva finalmente guardare con chiarezza ogni cosa intorno a lui, e anch'io, adesso, riuscivo a osservarlo bene proprio come avevo visto con attenzione la faccia del suo padrone. Mi sfuggiva ancora Juliette, ma era lei che non aveva voluto fare amicizia. La nostra era davvero una strana compagnia: la gente ci guardava incuriosita, e mi chiedevo se la mamma sapesse con chi stavo andando via. Lei diceva che le persone allegre sono sempre buone, e il mio padrone non era certo triste: la mamma l'aveva sicuramente capito.

Per la strada tagliata nella roccia la corriera scendeva verso il fondo della vallata e ogni volta che girava sulla destra, quasi ruotando su se stessa, si apriva sotto di me un precipizio senza fine. Provavo lo stesso inebriante senso di vertigine di quando mi distendevo sul prato a guardare le nuvole. Le fissavo qualche istante e incominciavo a muovermi con loro, come se una mano mi sollevasse e mi rovesciasse senza mai lasciarmi ritornare nella posizione iniziale.

Appena mi pareva di aver imparato a galleggiare sul vuoto di quel precipizio, la corriera voltava dalla parte opposta facendomi trovare di fronte l'orizzonte delle mie montagne che si allontanavano sempre di più. Mi ero accorta che in fondo alla valle c'era un torrente che continuava a seguirci da quando eravamo partiti. Forse era lo stesso che attraversava il prato davanti alla mia casa e adesso era lì ad accompagnarmi... chissà dove, mentre ormai scorgevo soltanto una corona bianca di neve appoggiata sulle vette che dominano il mio paese.

La corriera rallentò, avvicinandosi a un gruppo di

case. S'infilò in una strada stretta e si fermò in una piccola piazza davanti a una fontana circondata da bandierine colorate: rosse, azzurre, gialle. Da ogni parte sbucarono i bambini e circondarono la corriera. C'era un'aria di casa, c'era l'allegria della mia terra, c'era la mia gente. Potevo essere una di quei piccoli che ci tendevano le mani. Quante volte avevo corso anch'io per andare incontro ai viaggiatori! Ma adesso li guardavo dall'alto in basso e non mi sarei scambiata con loro.

Le donne sedute davanti a me si alzarono, mentre io aspettavo che il padrone desse l'ordine di scendere: ero contenta, non mi ero allontanata di molto, distavo soltanto poche ore da casa. Rassicurata da quella vicinanza, quasi mi dispiaceva che il viaggio fosse terminato: era come se desiderassi quello che mi avrebbe fatto paura avere.

Il padrone non si mosse e la corriera ripartì. Non ero né felice né dispiaciuta: di nuovo tornava a impossessarsi di me quel senso di abbandono in cui non c'era posto per nessun sentimento, nessun desiderio, nessuna paura.

Mi affacciai al finestrino lasciando che il vento mi soffiasse sulla faccia. Il paesaggio mi sembrava sempre uguale, forse perché non avevo più voglia di guardarlo. Allora, annoiata, mi misi a osservare i miei compagni di viaggio: anche loro parevano assomigliarsi tutti. Poteva essere gente del mio paese che viveva in case simili alla mia, che pregava come me, che andava al mercato come succedeva a me con mio padre e mia madre. Avrei potuto raccontare loro che mi stavano portando via, che ero stata venduta: mi avrebbero capita, ma forse sarebbero rimasti indifferenti perché queste cose da noi succedono, come diceva Sanjiv. Solo il mio padrone era diverso, con un viso strano, con un vestito ridicolo: di lui non capivo niente e non riuscivo a immaginare perché volesse con sé proprio me che ero così uguale agli altri.

«Scendiamo» disse il mio padrone, stiracchiandosi come sempre quando si alzava in piedi. «Ripartiremo domani mattina presto, per oggi il viaggio è terminato.» Ormai il sole era tramontato e la corriera si era fermata in un paese più grande di quelli che avevamo attraversato. C'erano due casette di legno che dovevano servire per far trascorrere la notte alla gente di passaggio: al mio padrone bastò un'occhiata per scegliere un angolo in cui distendere le pelli di yak e farci sedere. Poi, come se fossimo a tavola, dispose tutt'intorno il pane e il formaggio con una bottiglia di tè e tsampa. «E questo è miele» disse, prendendo dal sacco un barattolo. «Così festeggiamo il nostro primo giorno di viaggio.» Il cane e la scimmia incominciarono ad agitarsi, mentre io me ne stavo immobile accanto al padrone aspettando l'ordine di mangiare.

«Vieni qui vicino a me, Malini» mi disse.

Spostai il cane che reagì abbaiando, forse credendo che lo stessi allontanando dalla cena, e andai a sedermi accanto a lui.

«Non sei curiosa di sapere perché ti porto con me?» mi chiese, parlando a voce molto bassa.

«Sì, padrone... no, padrone.»

«Français. Ti ho già detto di chiamarmi Français. Allora: sì o no?»

Abbassai gli occhi, senza rispondergli. Certo, volevo sapere cosa avrei dovuto fare, ma non ero curiosa. Prima o poi me l'avrebbe detto e io avrei dovuto ubbidire. Bastava aspettare, e intanto quell'attesa mi dava la sensazione di essere ancora libera. Sì, forse era solo un'illusione, ma mi pareva che fosse meglio illudersi che conoscere il proprio destino.

«Domani arriveremo a Srinagar» disse, «e cominceremo a lavorare. Ti sarai accorta quanto siano bravi Juliette e Robert, e quello che hai visto è solo una parte di ciò che sanno fare. Il loro repertorio è molto vario: meriterebbero una platea internazionale, un grande circo, ma, come me, si devono accontentare di esibirsi nelle piazze dell'India. Tu dovrai danzare...»

«Io!? Danzare? No, no!» esclamai, interrompendolo.

Scoppiò a ridere così forte da attirarsi gli sguardi delle persone lì vicino a noi.

«Tu danzerai» continuò con pazienza «insieme a Juliette e Robert, e io suonerò per voi.»

«Ma io non so danzare, padrone! Voi vi state sbagliando!»

«Intanto io non sono il padrone di nessuno: lo vuoi capire? Sono un artista, sono il Français, e così devi chiamarmi» mi rispose questa volta con tono deciso. «E, poi, tu sai danzare. Certo, dovrai migliorare, e molto. Il Français queste cose le capisce al volo, ha esperienza, ha conosciuto grandi attori... Ti insegnerò io, vedrai, non sarà difficile. Hanno imparato Juliette e Robert...»

«Ma io non ho mai danzato... Potrei fare qualcos'altro per voi» gli dissi quasi supplicandolo.

«Non è vero. Proprio perché ti ho vista danzare ho voluto che entrassi a far parte della mia compagnia.»

«Vi state confondendo, padrone... Français» gli risposi con un filo di voce.

«Ah, ecco, finalmente: incominci a chiamarmi nel modo giusto. Quanto al resto... no, non mi sbaglio. Hai danzato durante la festa del tuo paese. Eri la più brava. Dovrò correggerti molti difetti e poi integrarti nel gruppo, ma hai talento e la sensibilità di sentire la musica con il corpo, che è la dote di ogni vera danzatrice. Posso cominciare a lavorare su una buona base... e ricordati di non gettare via la tua fortuna. Sei due volte fortunata, perché hai talento e perché hai trovato il Français che saprà valorizzarlo.»

Io saprei danzare, io sarei brava, io fortunata: mi sentivo come nel giorno in cui ero scivolata su un ghiaione e avevo sbattuto la testa. Vedevo tutto così annebbiato e vago che potevo trovarmi in qualsiasi posto. Cosa sapevo, io? Sapevo soltanto scegliere il pascolo migliore per le mie capre e avevo appena incominciato a imparare a filare la lana. Questa era la verità: tutto il resto erano fantasie. Volevo tornare a casa, desideravo ritrovare la mamma e mio padre guarito, felici, senza problemi di soldi.

Danzare? Sì, alla festa del paese con gli altri bambini: muovevo le braccia, le mani, i piedi come facevano i grandi. Cos'avrei dovuto imparare? Non riuscivo a immaginarmi in mezzo alla gente che si fermava a guardare proprio me. E se non ne fossi stata capace? E se il Français si fosse accorto di essersi sbagliato, cosa sarebbe stato di me? Avrebbe cercato un'altra bambina e mi avrebbe sicuramente abbandonata.

Mi giravo e rigiravo avvolta nella coperta di yak e mi ricordavo quando il sonno mi portava via all'improvviso e la notte scivolava serena tra i sogni. Adesso avevo paura di addormentarmi perché i sogni erano più brutti della realtà; così continuavo ad agitarmi, a guardarmi intorno, perché ero sicura che, rimanendo sveglia, nessuno avrebbe potuto farmi del male.

Vidi un raggio di luce attraversare la finestra e la gente alzarsi e prepararsi per il nuovo giorno. Mi ero addormentata e non mi era successo niente. Mi sentivo felice come se fossi riuscita ad attraversare il torrente nel punto più pericoloso quando dovevo arrivare in fretta al pascolo.

Credevo di volare sulla corriera che scendeva, dividendo i prati, per una strada senza buche, larga e diritta, lasciando le montagne sempre più lontane e più piccole. Ma non avevo mai visto così tanti fiori di colori diversi: erano tra le foglie degli alberi, tra i cespugli, intorno alle case, ed era come se tingessero l'aria di una luce soffusa, meno brillante di quella della mia vallata. Dopo ogni curva ritrovavo il ruscello che ormai mi accompagnava dall'inizio del viaggio: si era ingrossato e ora scorreva lento, senza la bianca bellezza della schiuma che saliva al cielo e dei vortici che avvinghiavano i massi contro cui si frangeva. Così calmo, infondeva tranquillità anche a me. Solo quando lo sguardo, senza volerlo, si spostava all'interno della corriera, verso il mio padrone, allora mi tornavano alla mente le solite domande, a cui adesso se ne aggiungevano di nuove, aumentando la mia confusione. Era concentrato sul suo libro, con la pipa in bocca... mi ricordava le parole della mamma: bisogna avere fiducia nella gente che sa leggere. Mi diceva così, quando salivamo fin su, al monastero, e io rimanevo incantata a osservare i monaci di fronte ai loro grandi libri. Noi abbiamo imparato a credere in loro perché sanno leggere.

Da qualche ora la corriera procedeva nel buio, e intorno a noi sembrava non esserci più nulla. Poi, in lontananza, cominciammo a scorgere le vampe di un grande incendio che, a mano a mano che ci avvicinavamo, si estendeva sempre di più, dilagando nell'oscurità. Ormai la nostra corsa mi sembrava destinata a finire nel centro di quel fuoco.

«Sono le luci della città che ci sta venendo incontro» disse il Français, che si era accorto con quanta apprensione guardavo di fronte a me.

«Bene, bene; puntuali. Siamo a Srinagar: fine del viaggio e inizio del nostro lavoro» disse dopo aver gettato una rapida occhiata dal finestrino e riposto il suo libro nel sacco.

Ero frastornata dal viaggio, ma ancor più dalla confusione che avevo trovato appena scesa dalla corriera: mi sentivo perduta come mai mi era accaduto prima, neppure quando rimanevo sola tra le montagne.

«Aspetta: tra poco entreremo nel cuore della città e vedrai cos'è la bellezza» mi disse il padrone per cercare di darmi coraggio. «Certo, certo anche le tue montagne sono bellissime, ma se l'uomo si allea con la natura, la sua opera può essere grandiosa.»

Non capivo cosa volesse dirmi, ma mi piacevano il suo entusiasmo e le sue parole piene di passione.

«Andiamo per di qua, verso il Dal. State vicini e non perdetevi» e fece per darmi la mano. D'istinto nascosi il braccio dietro la schiena e non mi lasciai prendere. Mi guardò sorridendo, senza rimproverarmi: «Allora dovrai stare molto attenta, e guardare sempre dove sono io». Fece due fischi al cane, e mi accorsi che Robert si mise a camminare dietro di me, proprio come aveva fatto quando ero stata costretta ad abbandonare la mia casa.

Non avevo mai visto tanta gente tutta insieme, e tante automobili e motociclette che correvano e suonavano i loro clacson. Mi sembrava di essere in un vortice, sbattuta da ogni parte, e non c'era neppure un piccolo spazio, neppure un punto dove il mio sguardo potesse liberarsi, scivolando via da quella confusione verso la campagna, verso le montagne. Ma c'era anche tanta allegria in quelle botteghe piene di vestiti o di cose da mangiare, in quel traffico di macchine e in quel viavai di persone nella luce della sera: pareva che nessuno si annoiasse e andasse mai a dormire.

Afferrai il bordo del giubbotto del mio padrone e, tenendomi stretta, m'incamminai dietro di lui finché, senza accorgermi, lasciai la presa, fermandomi a guardare incantata di fronte a me un'immensa distesa d'acqua.

«È il lago Dal. E il fiume che vedevi dalla corriera è finito qui dentro, portandosi un po' del tuo paese...

Quelle là, in fondo, sono barche che vengono usate come case. Andremo a dormire lì, da un amico.»

Non avevo mai visto né laghi né barche, non avevo mai visto niente di quello che stavo osservando adesso a bocca aperta. Era come se, invece che i miei occhi, fossero le parole del Français a dirmi quello che stavo ammirando. Se un giorno tornerò a casa, pensavo, dopo le storie del nonno sui mostri e gli eroi che vagano per le cime delle nostre montagne, avrei potuto raccontare di questo lago piatto e fermo come un ghiacciaio, dove ci abitano le persone che possono perfino muoversi come se fossero sopra un carretto.

Mi attaccai di nuovo al giubbotto del padrone e proseguimmo per quella strada che costeggiava il lago. Ma non trascorse molto tempo che Robert incominciò a correre davanti a noi mulinando come un forsennato le sue corte zampette e librando nell'aria le sue grandi orecchie. Raggiunse un pontile e si mise ad abbaiare finché un uomo uscì da quella strana capanna che galleggiava sull'acqua.

Si venne accolti con ogni riguardo, proprio come faceva mio padre quando arrivavano ospiti. E come a casa nostra, in quelle occasioni, si mangiò tantissimo. Sulla tavola c'era una pentola che avevo subito adocchiato, con un sugo scuro da cui saliva un profumo dolce e intenso: il mio padrone, porgendomela, mi spiegò che quella pietanza non avrei dovuto neppure assaggiarla, perché era proibita dalla mia religione. Ma, se mi piaceva, non dovevo preoccuparmi, perché l'importante, mi diceva, è essere buoni e credere in Dio: tutto il resto è superfluo, anche se la maggior parte della gente fa cose inutili, dimenticando quelle che hanno davvero valore.

«Avrei voluto rappresentare già stasera il nostro spettacolo. Ma è tardi e non avremmo tempo per prepararlo. Ci penseremo domani» disse il mio padrone, contento di come l'amico lo aveva accolto. Si lasciò cadere su una poltrona, stirandosi in tutta la sua smisurata lunghezza, si accese la pipa e mandò a dormire Robert, mentre lui, ancora una volta, si prese cura di Juliette.

Distesa su un letto improvvisato, mi ero preparata ad ascoltare i nuovi rumori. Avevo imparato a conoscere i pericoli dai suoni che li precedevano, così stavo attenta e aspettavo. Ma quella casa era silenziosa, molto più quieta della mia. Non si sentiva il sibilo del vento e i cani non abbaiavano; i lupi... chissà dov'erano i lupi. L'acqua sbatteva lenta sul fondo di quella strana casa dentro a una barca, facendola dondolare appena. Mi ricordava il rumore di piccoli rivoli che sgorgano in primavera appena la neve si scioglie e presto spariscono inghiottiti dalla terra che asciuga al sole. Mi sentivo lontana, lontana dal mondo in cui avevo vissuto, lontana anche da me stessa, da quella che ero, da quella Malini che mi sembrava adesso così diversa. Non ero più triste né impaurita: era come se una forza misteriosa più grande di me, più potente della mia famiglia e di tutta la gente del mio paese, mi avesse presa con sé e decidesse per me. Io potevo solo abbandonarmi alla sua volontà e avere fiducia.

Incominciavo a volere bene anche al Français. Che colpa aveva se mio padre si era ferito e noi avevamo tanto bisogno di soldi? Lui mi aveva comprata e portata via, ma in questo modo aveva aiutato la mamma. E poi mi aveva regalato le scarpe! Quando mi parlava, sembrava che si rivolgesse a una persona grande, e mostrava tanto rispetto anche per Juliette e Robert: li trattava come se fossero suoi figli. Forse era matto. Qualche volta, durante le fiere, arrivavano in paese questi uomini strani. Parlavano con le bestie e cantavano. Noi bambini li prendevamo in giro, facevamo scherzi cattivi, finché i grandi ci sgridavano e ci mandavano via. No, il Français non era matto. I suoi occhi erano profondi e pieni di vita, la sua voce era calma, e poi sapeva leggere e conosceva tante cose. I monaci del nostro monastero ci dicevano che chi sa leggere non avrà mai paura della vita, perché troverà sempre una risposta alle sue domande. Come mi sarebbe piaciuto leggere! Forse un giorno il Français mi insegnerà... adesso vuole insegnarmi a danzare! Cosa gli è saltato in testa?! Però non gli sfuggiva niente: chissà come aveva capito che mi piaceva danzare. E se avessi imparato, se fossi diventata brava? Alla festa del mio paese, se un giorno ci fossi tornata, tutti mi avrebbero ammirata. Dovevo soltanto aspettare e ubbidire. Domani... tutto sarebbe cominciato domani.

V

Era un'altra città quella che, appena svegliata, intravedevo dalla finestrella della barca. I bagliori di luce che durante la notte facevano esplodere di vita ogni angolo di strada si erano spenti, e raggi velati di un sole senza forza spandevano ovunque un tenue colore azzurrognolo, confondendo i profili delle case sull'acqua. Però, alzando lo sguardo verso le cime innevate che circondano la città, il cielo tornava a essere così limpido che, se avessi allungato la mano, avrei potuto accarezzare quelle montagne lontane, dove si nascondeva il mio paese.

Ritornammo sulla strada che costeggia il lago in mezzo al frastuono del traffico e a tanta gente che non sembrava allegra e festosa come la sera prima. C'erano pochi bambini e molte case una vicina all'altra; non si vedevano prati e l'aria non aveva il profumo della terra. Come facevano a vivere senza animali?

«Dove stiamo andando?» chiesi al padrone senza curiosità e indifferente alla sua risposta.

«Qui avanti troveremo i giardini e un po' di silenzio, così cominceremo a provare il nostro spettacolo. Oggi è giorno di mercato e c'è molta gente: se saremo bravi, potremo guadagnare bene. Però, adesso...» disse guardandomi come se fosse la prima volta «no, non va, non va affatto... devo trovarti qualcosa.»

Entrammo in un magazzino: non avevo mai visto tanti sari piegati uno sull'altro! E le scarpe! A decine, in fila sul pavimento. Il padrone s'aggirava con l'aria dell'intenditore, prese un sari e lo distese sul banco di fronte a me. «I colori sono proprio quelli che ci vogliono» disse.

Era bellissimo, leggero: bastava sfiorarlo e volteggiava nell'aria come una nuvola.

«Con il blu ci accostiamo il rosso. Ecco, provale.»

Un altro paio di scarpe? Un altro paio di scarpe per me? Non era possibile. Rimasi immobile: non trovavo neppure la forza di alzare il braccio.

«Su, avanti, non vorrai ballare con quelle scarpe pesanti che hai ai piedi?» mi disse.

«Ma anche queste sono molto belle!»

«Quelle sono già tue, e continuerai a usarle: vedrai quanta strada dovremo fare ancora. Ora te ne serve un paio diverso.»

Il padrone del negozio prese di mano al Français le scarpe e s'inginocchiò per provarmele. Era strano quel gesto: ancora non lo capivo. Mi sembrava di devozione e non sapevo come ricambiare.

«Adesso andiamo bene» disse il padrone, osservandomi attentamente. «Rimetti le altre scarpe e muoviamoci: dobbiamo cominciare a lavorare.»

Lavorare con quel bel vestito e quelle scarpette così eleganti: non mi pareva vero! Io ero abituata ad altre cose. Fatica, sacrificio, rischio: questo significava per me "lavoro".

Mentre camminavamo a passo svelto verso i giardini, chiesi al Français di poter portare io il sacchetto con le scarpe. Ogni tanto lo aprivo e sbirciavo dentro per ammirarle. Erano davvero bellissime, ma forse non erano proprio mie: il padrone le aveva comperate per farmi lavorare, come diceva lui, poi certamente avrei dovuto restituirle... ma che importava? Adesso ero io a usarle.

«Guardati intorno e impara!» mi sentii dire dal Français. «Quelle scarpe non scappano via: sono le cose di fronte a te quelle difficili da afferrare.»

Per fargli capire che gli avrei ubbidito, misi subito la mano con cui tenevo il sacchetto dietro la schiena. Cosa dovevo guardare? Quel mondo era così diverso dal mio che mi sentivo più frastornata che incuriosita. Davanti a noi camminavano due donne vestite in modo tanto strano da farmi ridere. Il padrone se ne accorse e mi spiegò che erano musulmane e che i pantaloni larghi che portavano chiusi alle caviglie si chiamavano shalwar. «Quelle davanti a noi» continuò a dirmi, «con i pheran, con quegli abiti di seta colorata, sono induiste. Anche le religioni, come vedi, hanno le loro mode, ma non sai quanta ferocia si nasconde dietro alla bella apparenza dei vestiti.»

Con il passare del tempo il lago si stava riempiendo di barche. Sbucavano da ogni parte, e quasi non si riusciva più a vedere lo specchio dell'acqua tanto erano numerose. Trasportavano verdura, frutta, carne, e le urla dei venditori che invitavano a comperare la merce riuscivano a essere anche più forti del frastuono del traffico sulla strada.

«Non fermarti, andiamo» mi disse il padrone. «Questa sera, se avremo fatto un buon incasso, ci concederemo un giro su uno shikara, se proprio ti piace.»

Mi aveva indicato una barca diversa da quelle usate per il mercato. Era agile e rapida: si muoveva facilmente negli stretti canali che tagliano la riva del lago, traghettando la gente da un punto all'altro di quella strana città che galleggia sull'acqua.

Nell'aria ormai brillante, asciugata dall'umidità, entrammo nei giardini: gli alberi erano perfettamente allineati, le aiuole tagliate a forma di triangolo e di quadrato, c'erano stradine e terrazze che s'intrecciavano con ordine e regolarità. E i canali apparivano all'improvviso, quasi volessero interrompere quella strana armonia imposta alla natura: tutto di quel mondo mi sembrava finto, certo più rassicurante al confronto con la bellezza selvaggia delle mie vallate.

«Cominceremo qui le nostre prove, all'ombra degli alberi. Ma non rimaniamo tra questi cipressi» disse guardandosi intorno per cercare un altro posto. «Ricordati che nella vita ogni cosa ha un senso, anche la più semplice. I cipressi hanno un significato particolare, rappresentano la morte; noi, invece, ce ne andiamo lì, tra quei peschi: gli alberi da frutto sono un simbolo della vita.»

Per prima cosa scartò il pacco che conteneva il sari e lo distese sul prato. Mi sembrava ancora più bello lì, tra l'erba e i fiori. Ero emozionata, pronta a indossarlo, ma il Français mi trattenne: prese il coltello e incominciò a fare lunghi tagli nella parte inferiore. Si accorse che mi erano venute le lacrime agli occhi. «Non preoccuparti» mi disse, «vedrai che il tuo sari sarà ancora più originale. Ecco fatto: adesso puoi metterlo.»

Era strano: ora la parte superiore fasciava le spalle fino ai fianchi, mentre quella che scendeva lungo le gambe si divideva in tante lunghe strisce. «Così potrai essere più libera nei movimenti» disse, osservando attentamente il risultato del suo intervento. «Ma non è solo per questo» aggiunse, continuando a risistemare il vestito, «noi artisti dobbiamo essere diversi dalla gente comune. Dobbiamo incuriosire, meravigliare, mai lasciare nell'indifferenza il pubblico. E qualche volta anche l'abito aiuta a non passare inosservati.»

Ero terrorizzata al pensiero di quello che avrebbe fatto con le mie scarpe rosse. Tenevo il sacchetto con due mani vicino al petto, come per difenderle.

«Presto, mettile!» mi disse.

«Così come sono?»

«Certo, vanno benissimo... adesso, però, cerchiamo di imparare bene la parte da recitare.»

Mi chiese di sistemarmi vicino a lui e di osservare cosa avrebbero fatto il cane e la scimmia. A un suo cenno cominciarono a saltellare, a girare in tondo con buffe piroette, a fingere di litigare. Schioccò le dita ed ecco, Juliette e Robert si misero a barcollare, poi si distesero immobili come se fossero morti. Erano perfettamente ammaestrati, e la gente certo si sarebbe divertita a guardarli. Adesso toccava a me inserirmi e a non sfigurare tra quei compagni di lavoro tanto bravi.

Il Français prese dal suo sacco lo strumento formato da quattro piccole canne di bambù legate insieme tra loro, lo portò alla bocca e suonò una musica bellissima. Si era raccolto con un nastro i capelli sulla nuca, come se fosse una donna, e mi mostrò i passi che avrei dovuto eseguire. Si muoveva con grazia, ogni gesto era elegante, e anche quello che pareva difficile gli riusciva con estrema semplicità.

«Ora prova tu» mi disse, interrompendo bruscamente la sua dimostrazione. Riprese a suonare e io cercai di ripetere quello che gli avevo visto fare. «Non ci siamo ancora» osservò dopo avermi lasciata danzare per un po' di tempo. «Va bene cercare di imitarmi, ma devi essere più spontanea. Non pensare a niente, ascolta solo la musica e danza ricordando i miei passi, ma mettendoci tutto il tuo cuore.»

Feci come mi aveva suggerito e subito mi sentii libera, come se attraverso i movimenti del mio corpo riuscissi a parlare. Diventavo sempre più sicura, mi sembrava che la musica mi attraversasse la pelle, guidando le mie braccia e i miei piedi.

«Brava, davvero brava» mi disse, smettendo di suonare e facendomi un breve applauso. Juliette lo imitò prontamente, mentre Robert mi si avvicinò e mi porse la zampa. Poi iniziammo a provare tutti insieme.

Il Français, questa volta, si mise a suonare quello che considerava il re degli strumenti di quella sua lontana patria mai conosciuta: una piccola armonica. Di tanto in tanto, come se fosse di fronte al pubblico, spiegava quello che stava accadendo, poi cominciò anche a cantare: era bravissimo, il migliore di noi.

Provammo e riprovammo per almeno due ore. Chissà cosa si poteva capire di tutto quel nostro danzare e saltellare, ma era divertente, e io mi sentivo sempre meno imbarazzata, sempre più sicura. Quando sbagliavo mi correggeva, senza alzare mai la voce, e anche con il cane e la scimmia era paziente e buono: si rivolgeva a loro credendo che lo capissero perfettamente.

«Bene: si potrebbe fare meglio, come sempre» disse smettendo di suonare, «per ora ci possiamo accontentare. Dovremmo avere un discreto successo anche se troveremo molta concorrenza: acrobati, incantatori, suonatori. Ma nessuno avrà il nostro stile, e, nella vita, avere un proprio stile permette di distinguersi dagli altri. Adesso ci riposiamo e prima di sera andremo nella piazza del mercato.»

Non so perché dovessi riposarmi: avrei potuto continuare a danzare tutto il giorno, ma anch'io andai a sedermi sotto l'albero di pesco per mangiare un po' di pane. Il Français cercò la sua pipa, il libro e rimase così, disteso a leggere e a fumare per molto tempo. Chissà chi era davvero? Con lui stavo imparando molte cose, gli volevo bene e me ne vergognavo, perché mi pareva di tradire mio padre e mia madre e pensavo che si dovesse voler bene soltanto alla propria famiglia.

Erano trascorsi pochi giorni da quando avevo lasciato il mio paese e i ricordi erano ormai lontani: la mia casa, la mamma, anche la bambina che ero quando, disperata, me ne andai abbandonando il mio mondo. Mi sembrava di essere un'altra persona. Sarà una situazione provvisoria, mi dicevo, che presto sarebbe cambiata di nuovo: avrei dovuto lavorare e faticare veramente, altro che ballare! Ai grandi avevo visto fare solo sacrifici e sopportare dolore: mio padre non si era quasi ammazzato per guadagnarsi da vivere? Noi non avevamo dovuto vendere le capre, che era tutto ciò che avevamo? E anch'io non ero stata venduta come una capra al Français per pochi soldi? No, lui non poteva volermi bene. Per adesso gli servivo così, per fare questi spettacoli, come diceva lui. Poi, chissà a cosa mi costringerà: anche lui cambierà, gli dovrò restituire il sari e le scarpe. Certo che queste rosse sono proprio belle: me le guardavo e riguardavo seduta sul prato con la schiena appoggiata all'albero di pesco. Ne avevo tolta dal piede una per vederla bene da vicino: pensavo che, se fossi riuscita a spiegare esattamente com'era a mia nonna, lei sarebbe stata sicuramente capace di farmene un paio uguale. Ma forse non rivedrò più la nonna.

Il sole incominciava a tramontare e si era alzato un po' di vento che trasportava fino a noi i profumi dei fiori. La gente, che ormai affluiva sempre più numerosa, passeggiava lungo i sentieri di ghiaia bianca e sottile: era rispettosa, quasi timorosa, dell'ordine di quei giardini. Non avevo mai pensato che si potessero disporre a proprio piacere gli alberi e le siepi, mettendoli perfettamente in fila, obbligandoli a formare curve e cerchi, costringendo i corsi d'acqua a seguire una direzione, lentamente prima, poi, all'improvviso, con una rapidità sempre più vorticosa. Quei giardini infondevano un senso di pace e di riposo: non mi veniva voglia di calpestare l'erba rasata alla perfezione e correrci sopra come mi capitava di fare sui prati che si distendevano davanti alla mia casa, verso la montagna. Là era bello saltare i ruscelli, lasciarsi cadere a terra, rotolare evitando gli sterpi e i cespugli di ortiche. Questi giardini, invece, si potevano soltanto ammirare, sicuri che non ci sarebbe stato nessun pericolo, che tra le piante non si nascondevano serpi o scorpioni.

«È arrivato il nostro momento» disse il padrone mettendo nel sacco la pipa e il libro. «La compagnia del Français è pronta a debuttare nella piazza del mercato di Srinagar.»

Ripercorremmo la strada che costeggia il lago Dal. Non era più coperto di barche, come al mattino; era pieno di sporcizia: nell'acqua galleggiavano verdure marce, cassette di legno, c'era anche una gallina morta. Mi chiedevo perché fosse così sporco, perché non venisse tenuto pulito come il giardino poco lontano. Forse perché il lago non poteva essere costretto all'ordine e all'armonia che volevano gli uomini, forse perché nessuno poteva cambiare la sua natura, e così per ripicca la gente lo insozzava.

«A quest'ora il mercato sarà già pieno di gente» disse il Français, mentre camminavamo sempre più spediti, quasi fossimo attirati da una calamita. «All'inizio saranno in molti a guardarci: dobbiamo fare in modo che restino fino alla conclusione della rappresentazione e che ci lascino qualche rupia. Ricordatevi quello che vi ho insegnato, e se vi vengono dei dubbi, mai perdersi d'animo: improvvisare e inventare, ma sempre con passione.»

Parlava al plurale, come se la sua "compagnia teatrale" – gli piaceva dire così – lo comprendesse. Chi lo capiva davvero ero io, e adesso avevo paura: rallentavo, camminavo un passo indietro al mio padrone tenendogli il lembo della camicia, lasciandomi quasi trascinare. Ma, ancora una volta, non era la paura che provavo quando calava la sera in montagna e correvo verso casa con le mie capre per non farmi sorprendere dal buio. Nel mio timore si confondevano ora eccitazione e incertezza, entusiasmo e spavento, mentre pensavo a ciò a cui stavo andando incontro.

Dopo aver attraversato il ponte sul fiume, il Français si fermò su uno slargo che si apriva un po' in disparte rispetto alla strada principale. «Qui nessuno ci vede» disse, «e, anche se qualcuno ci vedesse, non ha importanza.»

Prese dal sacco il sari che aveva tagliato appositamente per me e che dopo la prova nel giardino aveva accuratamente ripiegato, controllò le mie scarpette che invece avevo continuato a portare e le spolverò con la manica della camicia, legò sulla testa di Robert un cappellino di carta e gli fissò sulla coda un pennacchio giallo. Poi vestì Juliette con quel giubbetto rosso ricamato con fili dorati che gli avevo visto la prima volta nella piazza del mio paese. Guardò attentamente ognuno di noi e sembrò davvero soddisfatto.

«Bene, siamo pronti.» Frugò ancora nel suo sacco e tirò fuori un vecchio cappello e un pezzo di canna, forse la stessa che intagliava stando seduto su quello scalino dove l'avevo conosciuto. «Ora seguitemi, uno dietro l'altro, in quest'ordine. Io sarò il primo, dietro di me Juliette, poi Malini, ultimo a chiudere la fila Robert.»

Gli animali sapevano già cosa fare appena lo videro con quel buffo cappello in testa; e, disposti come voleva lui, avanzammo verso la piazza del mercato. Il Français, allora, cominciò a fischiettare nel suo flauto: la musica non era bella come quella che aveva suonato per farmi danzare, ma era forte e allegra. La gente la sentiva anche se era lontana: si voltava, ci guardava e rimaneva sorpresa e divertita. Quando arrivammo nella piazza, mi accorsi che dietro di noi c'era una fila di persone con tanti bambini grandi come me.

Senza incertezze, il Français si diresse verso una casa che, con un'altra lì accanto, formava una specie di semicerchio. Una volta raggiunta, smise di suonare e a voce alta invitò la gente che ci aveva seguiti a sistemarsi di fronte a noi. «Siete pronti?» ci chiese. Robert scodinzolò e abbaiò, Juliette fece una piroetta, solo io rimasi immobile. Avevo il cuore in gola e la bocca secca come se avessi corso a perdifiato su e giù per i prati cercando di riportare nel gregge le capre che erano scappate via. Adesso, però, ero impietrita davanti a tante persone che mi fissavano curiose.

Il Français incominciò a spiegare lo spettacolo che sarebbe stato rappresentato. «Ma prima, però» disse con voce profonda e un'aria di mistero, «per mostrarvi quanto siamo amati dagli spiriti del cielo, vi farò assistere a una magia che è possibile solo grazie alla loro benevolenza.»

Si fece dare da un giovane il fazzoletto che portava al collo, lo depose con cura nel suo cappello e, dopo aver fatto strani gesti con le mani, ne tirò fuori uno, due... tanti, colorati e annodati insieme. La gente si mise a ridere e ad applaudire; Robert si alzò su due zampe e si attaccò ai fianchi di Juliette, e insieme fecero un girotondo. Il pubblico divenne ancora più allegro e festoso, e a questo punto il Français, con un'aria seria e pensierosa, adocchiò un uomo vestito elegantemente e gli chiese mezza rupia. Non solo non la ricevette ma, intimorito da quella richiesta, l'uomo fece un passo indietro e se ne andò. Dopo qualche tentativo fallito, riuscì a farsi dare una moneta da un vecchio e, garantendogli che sarebbe stato ricompensato, prese a girare e rigirare la mezza rupia tra le dita della mano destra, poi, come d'incanto, questa apparve nella sinistra e infine sparì. Mostrò alla gente il palmo vuoto di entrambe le mani, si avvicinò al vecchio, gli prese un orecchio, lo tirò, ed ecco apparire una moneta da una rupia intera. «Questa è per voi, per la vostra fiducia» gli disse.

La gente sempre più numerosa rideva e batteva le mani: il padrone, allora, chiese silenzio e annunciò lo spettacolo. Si voltò verso di noi con aria complice e con un sorriso così rassicurante che mi vennero le lacrime per la gioia. Prese la piccola armonica e suonò una musica ancora più bella di quella che avevo ascoltato di mattina, nel giardino. La gente, come incantata da una nuova magia, era ammutolita. Io cominciai a danzare. Appena riuscivo, il mio sguardo volava dritto verso il Français per avere qualche suggerimento. Ma lui suonava con gli occhi socchiusi, seguendo chissà quale sogno. Mi sentivo sola, mi facevo coraggio proprio come avevo imparato in altre situazioni, diverse e più rischiose; quando ero incerta improvvisavo... prendevo fiducia, diventavo sempre più disinvolta, ormai il mio corpo si muoveva libero nella musica, finché ci fu un attimo di silenzio e un bell'applauso: era tutto finito.

Non so quanto fosse durato lo spettacolo: per me un'eternità, e ora mi pareva di essere ritornata da un lunghissimo sogno. Robert e Juliette ricevettero dal Français un piattino: il cane lo afferrò con la bocca, la scimmia con la zampa e incominciarono a girare tra il nostro pubblico. Sentivo le monete tintinnare sui piattini, mentre il padrone fischiettava nella canna di bambù un motivetto allegro, chinando di tanto in tanto la testa per ringraziare, ma tenendo sempre sott'occhio le rupie che stavano ricevendo i suoi due attori.

«Un buon incasso» disse soddisfatto guardando il mucchio di monete quando ormai la gente aveva incominciato ad andarsene. Prese Juliette in braccio, frugò nel sacco, trovò qualche nocciolina che le diede a una a una mettendogliela delicatamente in bocca. Robert si era seduto di fronte a lui scodinzolando, e subito ricevette in premio un bel pezzo di pane. Restavo io. Il Français si piegò, appoggiando un ginocchio a terra. I suoi occhi adesso erano proprio all'altezza dei miei. Mi fissò per un istante: riusciva a sorridere con lo sguardo. Poi mi strinse a sé. Avrei voluto che non mi lasciasse più. Avrei voluto raccontare alla mamma questa giornata, sarebbe stata felice di sapere che avevo trovato chi mi voleva bene.

Il Français ripose nel sacco il giubbetto di Juliette, il cappellino e il pennacchio di Robert e il mio sari. «Le scarpe puoi continuare a portarle» mi disse, «è il premio perché sei stata brava, ma attenta a non sporcarle: ti dovranno servire per lavorare.»

Ricordavo bene, però, che mi aveva promesso un altro premio: forse se n'era scordato o non aveva incassato quello che sperava. Ma anche la città ora mi piaceva: osservavo ogni cosa con attenzione perché il Français mi teneva d'occhio e non voleva che mi lasciassi sfuggire niente. Non pensavo che tanta gente potesse abitare tutta insieme, che avessero bisogno di tutte quelle macchine e biciclette, che ci fossero botteghe piene di vestiti e di cose da mangiare. E vedevo tanti vecchi soli seduti sul ciglio della strada che sembravano malati, e molti bambini come me, quasi nudi, che mi guardavano immobili, come intontiti. Non capivo cosa volessero perché, dove vivevo io, i bambini facevano sempre qualcosa.

In poco tempo raggiungemmo la riva del lago Dal. Il Français si mise a parlare con un uomo e poi ci fece cenno di salire sullo shikara. L'acqua rifletteva gli ultimi bagliori del giorno, come uno specchio che restituiva immagini sfuocate. La confusione del mattino si era dileguata, non si sentivano più i richiami degli uomini e delle donne che facevano mercato, e l'acqua era tornata pulita come se fosse riuscita a perdonare e a dimenticare l'offesa degli uomini. Si udiva soltanto il gorgogliare delle piccole onde sollevate dalla nostra barca, che subito, dietro di noi, si richiudevano perfettamente formando una lastra d'acciaio, compatta e impenetrabile. Correvamo verso una luce azzurra, lontana, e in quel lieve ondeggiare sembrava che nulla avesse più peso.

«Siamo arrivati!» esclamò il padrone, risvegliandomi dal torpore che mi aveva colta in quella pace. Mi guardai intorno, ma adesso non riuscivo davvero a capire cosa stessi vedendo. Eravamo in mezzo a dei giardini che parevano sospesi sull'acqua: i viottoli che separavano le siepi, insinuandosi tra i prati e attraversando aiuole fiorite, erano in realtà canali stretti e tortuosi che noi lentamente navigavamo sullo shikara.

«Tutte le volte che arrivo a Srinagar, cerco di venire qui» osservò il Français. «È un premio che mi concedo: ammirare la bellezza è un dono del cielo. Qui il genio dell'uomo ha gareggiato con la natura: entrambi hanno vinto, creando un'opera d'arte vivente. Questo splendore l'hanno inventato i Persiani: nella loro lingua "giardino" e "paradiso" si dicono con la stessa parola.»

VI

Avevamo rappresentato lo spettacolo soltanto una volta ancora nella piazza del mercato, perché, diceva il padrone, bisognava cercare sempre un pubblico nuovo. La città così grande presentava molte opportunità, non mancavano i luoghi affollati, ma a me piacevano soprattutto i giardini dove potevo danzare sul prato, tra i fiori. Come al solito, arrivavamo sul luogo della rappresentazione in fila, uno dietro l'altro, e la gente ci accoglieva con allegria. Io, ormai, mi sentivo sicura e disinvolta nei movimenti, anche se il Français non mi risparmiava qualche critica. Mi accorgevo che i suoi consigli correggevano i miei errori, ma soprattutto mi aiutavano a guardarmi, a osservare me stessa come se fossi un'altra persona. Incominciavo a sentirmi carina: forse perché mi piaceva che tanta gente mi osservasse, o forse perché quella danza mi obbligava a essere armoniosa e delicata. Così mi impegnavo non solo per non deludere il mio maestro e per farmi ammirare dal pubblico, ma anche per me stessa, per essere sempre meno timida e impaurita.

Senza accorgermene, il Français mi aiutava a capire la vita e a reagire alle novità che avrebbero potuto demoralizzarmi, come, per esempio, quando si dovette lasciare la casa che galleggiava sull'acqua dove io ero stata così bene. Non mi piaceva dormire sotto il ponte del fiume Jhelam con altre persone, ma lui mi rincuorava, cercando di convincermi che in ogni cosa, in ogni persona c'è un lato positivo che bisogna scoprire per vivere bene. A me pareva che non fosse così: imparavo piuttosto ad accettare qualsiasi situazione, anche quelle brutte, non perché nascondessero qualcosa di bello, ma soltanto per sopportarle meglio.

Tuttavia mi sembrò un'enorme sciagura quella che ci capitò in quei giorni. Il Français aveva deciso di rimanere a Srinagar ancora una settimana: poi saremmo partiti per cercare un nuovo pubblico in un'altra città. Ma durante l'ultima recita, verso la fine dello spettacolo quando Juliette deve eseguire una piroetta con salto sopra Robert, udimmo un grido straziante. Distesa per terra, Juliette si rotolava dal dolore, e una pozza di sangue si stava allargando intorno a lei. Il padrone si piegò subito sulla scimmietta, per capire cosa le fosse successo. «Povera Juliette... si è tagliata con un vetro» disse dopo averle esaminato la zampa, «per qualche tempo non potrà fare la sua parte.» Pulì la ferita e fece con il fazzoletto una piccola fasciatura. Cercò di rimetterla in piedi, ma lei non ne volle sapere.

«Possiamo continuare a recitare da soli, lasciando riposare Juliette?» domandai preoccupata, mentre ci allontanavamo dalla piazza senza aver incassato neppure una rupia.

«Si potrebbe, ma dovrei rimettere insieme lo spettacolo, e non ne vale la pena, perché Juliette si ristabilirà presto. Ha il suo carattere. Se fosse stato Robert a ferirsi, avrebbe comunque voluto recitare, anche se gli avessero amputato una zampa. Ma ognuno di noi è così com'è, e non può cambiare. Tutto ciò che si può fare è migliorarsi per diventare quello che davvero si è. Lasciamo tranquilla Juliette un paio di giorni e vedrai con quanto entusiasmo riprenderà il suo lavoro. Vorrà dire che per qualche sera mangeremo di meno, così faremo tornare i conti.»

«Se volete, posso chiedere l'elemosina. Qualcuno lo faceva al mio paese; qui ho notato che sono in molti...»

«Mai. Noi siamo artisti, non mendicanti. Era destino che capitasse un incidente e che noi dovessimo usare il nostro tempo in un altro modo.»

Il Français si guardò intorno per orientarsi e poi prese la direzione opposta al ponte Fateh, dove passavamo le notti. Mi sentii subito più allegra perché quel posto proprio non mi piaceva. Risalimmo il fiume e attraversammo il quartiere Lalmandi, che conoscevo bene perché là, nel giardino vicino al mercato, avevamo fatto una bella recita con tanta gente.

«Suonerete qui? E io dovrò danzare?» chiesi al Français, appena si fermò per sistemarsi meglio sulla spalla il suo sacco.

«Ti ho detto che lo spettacolo è sospeso. Non possiamo improvvisare: se anche introducessi delle variazioni, queste si fanno su un tema che bisogna studiare e provare. All'improvvisazione bisogna lasciare uno spazio limitato, che poi è quello del proprio estro; ma alla base ci deve essere un'idea precisa e lo studio per realizzarla. Questo è il segreto dell'arte: tutto il resto sono chiacchiere da mendicanti. E noi non ci umilieremo mai a chiedere l'elemosina fingendo di essere artisti.»

Capivo poco di quello che mi diceva, ma comprendevo che era orgoglioso del suo lavoro, mentre io m'immaginavo che fosse per lui un modo come un altro per mettersi in tasca qualche rupia. Riprendemmo il nostro cammino finché arrivammo di fronte a uno strano palazzo.

«Prendi in braccio Robert e non farlo abbaiare» mi disse il Français mentre entravamo in una sala molto bella, con le pareti decorate da affreschi gialli e blu. In fondo, al centro della stanza, c'era la statua di un uomo. Ci avvicinammo lentamente, in silenzio. Ai suoi piedi erano deposti molti fiori e, proprio in quel momento, una bambina alta come me ne aveva lasciato uno rosa.

«Quello è il fiore del loto» mi spiegò. «È il simbolo della purezza e dell'armonia. Nasce nell'acqua stagnante e putrida, eppure vedi come la bellezza può crescere anche in mezzo al fango. E vuoi sapere chi rappresenta quella statua?»

Non mi diede il tempo per rispondergli. «Quello è il più grande poeta indiano... Tagore. Non dimenticare questo nome, e un giorno, quando imparerai a leggere, scoprirai nella sua poesia la verità del mondo.»

«Cos'è un poeta?»

«È chi descrive con parole semplici quello che hai davanti agli occhi e non sei mai riuscita a vedere; ti fa capire, con la bellezza di un verso, sentimenti che provi ma non sai esprimere; ti apre il cuore alla speranza quando credi che non ci sia più nulla in cui sperare.»

«Allora i poeti sono le persone più importanti che esistono al mondo?»

«Quelli bravi, che sono pochi. Gli altri fanno giochi di prestigio con le parole, ma sono noiosi: i miei giochi di prestigio sono molto più divertenti. Vieni, usciamo: ti spiego il segreto della mezza rupia che si trasforma in una rupia intera.»

Trascorremmo le ore più calde della giornata sotto l'ombra di un albero nei giardini di Gugji. Aveva pazienza il Français a insegnarmi come far girare la moneta tra le dita, nasconderla nel palmo della mano, sostituirla in un istante con un'altra. Chissà quanto tempo avrà passato a mostrare al cane e alla scimmia i movimenti che eseguivano durante lo spettacolo. Gli piaceva insegnare e sapeva aspettare con calma che la sua lezione venisse compresa. "C'è un tempo per tutte le cose" diceva, "bisogna saper attendere e non demoralizzarsi."

«Hai le mani ancora troppo piccole» osservò, dopo che avevo provato e riprovato l'esercizio. «Bisogna lasciare che crescano insieme a te. Per ora hai imparato bene la tecnica: vedrai che un giorno saprai divertire tanta gente.»

Prese in braccio Juliette, che di tanto in tanto si lamentava per ricordarci che stava soffrendo, e ci incamminammo lungo la riva del fiume Jhelam che scorreva lento come i nostri passi, quasi fosse lì per accompagnarci. La sua acqua era grigia, malinconica: era ormai troppo lontana dai ghiacciai da cui sgorgava e, separandosi dalle montagne, aveva perso forza, vitalità e quella allegria che avevano i ruscelli e i torrenti delle mie vallate. Il sentiero saliva, proprio al disopra del lago, verso un grande palazzo. «Eccoci arrivati» mi disse il Français. «Questo è il tempio di Shankaracharya, dove è venerato il Dio Shiva e dove si onora la memoria di uno dei più grandi filosofi indiani, Shankara.»

Mi guardai attorno perplessa. Il monastero vicino al mio paese mi sembrava più adatto a ospitare Dio, ma qui però Dio non era solo. «Chi sono i filosofi?» domandai.

Il Français mi guardò, facendo una divertente smorfia con la bocca, e allora pensai che fossero persone che facevano ridere. «I filosofi cercano il significato della vita; ci spiegano perché dobbiamo amare la bellezza, la verità, perché dobbiamo credere in Dio.»

«Tu credi nel Dio Shiva?»

«Non soltanto in lui. Chi sa trovare Dio dappertutto, vive in pace.»

«E i filosofi, allora, sono importanti come i poeti?»

«Quelli veri, perché...»

«Perché gli altri sono prestigiatori e neppure bravi come te.»

«Bene, ti ricordi. Ma non è così: i finti filosofi non sono prestigiatori, sono imbroglioni. Ti confondono le idee e chi crede in loro vive male. Un finto poeta, invece, non fa male a nessuno.»

Discendemmo la collina senza fretta. Il Français aveva rallentato il passo perché credeva che facessi fatica a camminare. «Ti fanno male le gambe, vero?»

«No, padrone. Français.»

«Ecco, chiamami con il mio nome.»

«Vado piano per guardare. Da quassù la città, il lago, il fiume sembrano abbracciarsi per non lasciarsi più. Sono bellissimi: non c'è bisogno che me lo dica un filosofo.»

«Il filosofo ti spiega perché ammiriamo la bellezza e perché il mondo ha bisogno della bellezza.»

La strada per un tratto era molto ripida. Osservavo attentamente dove mettere i piedi per paura di scivolare, e ora mi sembrava più importante non farmi male anziché ammirare tanta bellezza sotto di noi.

Come previsto dal Français, Juliette si ristabilì presto e noi riprendemmo il nostro lavoro. Ma solo per qualche giorno. Ritornando nelle stesse piazze, nelle stesse strade, il pubblico non era numeroso come prima. «Domani si parte per Delhi» disse il Français dopo aver contato l'ultimo modesto incasso.

Mi emozionò il solo sentir pronunciare quel nome. Quando i miei genitori e gli altri adulti del paese parlavano di Delhi, tutt'intorno facevamo silenzio per ascoltare cosa veniva detto della capitale dell'India. E adesso proprio io ci stavo per andare, io che fino a qualche mese prima ero una pastorella che portava le capre in montagna. Ero eccitata e incuriosita: ma, come già mi era capitato quando provavo queste emozioni che rappresentavano una conseguenza della separazione dalla mia famiglia, mi disorientavo, non sapevo se fosse giusto essere felici o se fosse meglio accettare le novità con indifferenza, per rimanere fedele ai miei ricordi e al mio passato.

La mattina dopo, di buon'ora, salutavo dal finestrino della corriera Srinagar, la prima città della mia vita. Riconoscevo a uno a uno i luoghi dove avevamo recitato e i giardini dove aspettavamo che trascorresse il tempo prima delle nostre rappresentazioni. Dopo quella curva avrei trovato il fiume e rivisto le colline che fanno da cornice al lago Dal: quando avevo lasciato la mamma e la mia casa piangevo, ero disperata, ma anche adesso mi scendevano le lacrime rivedendo per qualche istante, mentre correvamo veloci, il prato tra i fiori dove il Français mi aveva insegnato a danzare, e la casa sull'acqua e il ponte dove poi avevamo dormito: tutto questo non mi piaceva ma mi commuoveva. Era la separazione dai luoghi in cui avevo abitato, dalle cose che mi avevano fatto compagnia a riempirmi di dolore, era l'abbandono, ancora una volta l'abbandono.

La terra rossa e gli alberi pieni di fiori gialli e lilla che disperdevano i loro colori nell'aria segnavano i bordi della strada. La vegetazione era così alta e folta da nascondere le montagne lontane, via via sempre più piccole. Ci venivano incontro prati sconfinati, come non ne avevo mai visti: neppure una pietra o una zolla di terra brulla interrompevano l'uniforme distesa di erba che brillava al sole, fitta e morbida. Non c'erano pastori, non c'erano capre: mi sembrava uno spazio immenso senza vita, dove la gente del mio paese avrebbe potuto costruire le sue case senza dover scavare nella roccia per rendere piatto il terreno, dove avrebbe potuto pascolare le bestie senza doversi arrampicare tra dirupi scoscesi.

Verso sera la corriera entrò in una città. Strade,

piazze: la stessa confusione di macchine e carri di Srinagar. Sussurravo all'orecchio di Robert tutta la mia meraviglia, spiegandogli che presto avremmo recitato nella capitale dell'India.

«Domani saremo in treno» disse il Français, che mi stava ascoltando. «Di strada ce n'è ancora molta da fare. Siamo appena a Jammu: scendiamo senza perdere tempo e andiamo alla stazione.»

I treni mi parevano grandiosi, belli e terribili, come i mostri dei racconti della nonna. Tra i binari, vecchi e bambini stavano distesi per terra, stranamente immobili: si lamentavano, erano malati, chiedevano l'elemosina. Ma nessuno faceva niente per loro, nessuno rispondeva alle loro richieste d'aiuto, come se fosse normale che, tra tanta gente indaffarata, piena di pacchi e di borse, ci fossero anche dei miserabili e dei sofferenti.

Il treno correva via veloce, come se scivolasse sull'aria, dondolando sempre con lo stesso ritmo e facendo sempre lo stesso rumore. Tenevo a fatica gli occhi aperti: volevo osservare ogni cosa, imparare a vedere come mi diceva il Français. Mi addormentai subito e, quando scesi, credevo di essere ancora a Jammu, forse perché tutte le stazioni si assomigliano con quella gente che vaga un po' inebetita, un po' eccitata, che se ne sta sdraiata a dormire, che chiede l'elemosina. Il Français ci portò via alla svelta, tutti vicini e stretti a lui proprio come eravamo partiti.

Attraversammo un giardino con l'erba rada, sporca, le aiuole rinsecchite e qua e là qualche fiore appassito che rendeva l'atmosfera ancora più malinconica. Il posto migliore che il padrone trovò per sedersi fu sotto un albero che aveva solo qualche ramo coperto di foglie.

«Srinagar è tutta un'altra cosa... La bellezza è rara, ovunque» disse liberandosi del suo sacco e accomodandosi. «Dunque...» fece una lunga pausa quasi stesse cercando l'ispirazione «sedetevi qui vicino e aprite bene le orecchie.»

Come se si trovasse al cospetto di grandi attori, fece un bel discorso sulla grande responsabilità che si assumeva nel farci recitare nella capitale. Avremmo dovuto impegnarci più che a Srinagar, perché lì avremmo trovato un pubblico molto esigente e una concorrenza agguerrita. Naturalmente parlava a se stesso, inseguendo chissà quale sogno, però Juliette e Robert parevano affascinati da quel discorso.

Aveva davvero ragione; mi accorsi subito che la gente di Delhi era assai meno calorosa di quella di Srinagar e si faceva molta fatica a strapparle un sorriso. Io avevo imparato alla perfezione la mia parte, ma continuare a ripetere sempre gli stessi passi e gli stessi gesti cominciava ad annoiarmi. Il Français si era accorto che qualche volta mi distraevo perdendo il ritmo, così una sera, tornando al Forte Rosso, dove avevamo trovato da dormire sotto un bel loggiato, mi chiese se non mi piacesse più danzare.

«No, no... è molto bello!» esclamai preoccupata di aver commesso qualche errore.

«Però non ti diverte più» mi disse, guardandomi quasi con rassegnazione.

«Non è vero, sono contenta di danzare.»

«Questo posso crederlo. Ma è naturale che, ripetendo sempre le stesse cose, alla fine ci si annoia. Purtroppo l'abitudine toglie l'entusiasmo, e senza entusiasmo non si può fare bene niente.»

«Vedrete che domani ritroverò il mio entusiasmo.»

«Anche se lo ordini, l'entusiasmo non arriva. Ma noi artisti possiamo sostituirlo con la professionalità. Bisogna mettere da parte le emozioni ed eseguire ogni movimento con una tecnica sempre più raffinata, concentrandosi sui particolari per cercare di raggiungere la perfezione. E devi sdoppiarti, come se tu ti guardassi dal di fuori, come se tu fossi tra il pubblico che ti sta osservando e giudicando. Dobbiamo essere professionisti...»

«Professionisti» ripetei, per dimostrargli che mi aveva convinto.

«Proprio così» mi rispose.

Naturalmente non avevo capito fino in fondo le sue parole, ma adesso sapevo che, anche se non ne avevo voglia, dovevo impegnarmi di più: come d'altra parte avevo sempre fatto, anche se non ero un'artista o una professionista.

Mi venne in aiuto la pioggia, che durò diversi giorni. Avevamo dovuto sospendere le rappresentazioni, e io mi auguravo che con il ritorno del bel tempo sarebbe di nuovo arrivata la voglia di danzare. Le giornate erano diventate lunghe; le trascorrevo sotto il porticato del Forte Rosso giocando con Juliette e Robert, invidiando il Français che, con la schiena appoggiata a una colonna e le gambe lunghe distese sul pavimento, passava il tempo leggendo il suo libro.

«Vorrei anch'io fare come voi» gli dissi a un tratto, dritta e immobile davanti a lui.

«Fare cosa?»

«Leggere!»

Mi guardò sorpreso; rimase in silenzio a fissarmi, mise un segno tra le pagine del libro e lo chiuse.

«È una bella idea» disse serio, dopo qualche istante. «Ci si può provare.»

Fu così che ebbi il mio primo quaderno. Sulla copertina rossa c'era la fotografia di una montagna con la cima coperta di neve. Forse il Français lo aveva scelto apposta con quell'immagine. Solo le prime pagine erano scarabocchiate: le altre erano tutte bianche. Scrisse su ogni riga una lettera dell'alfabeto e, a fianco, disegnò una figurina il cui nome iniziava con la lettera corrispondente.

«Sei brava, davvero brava» mi disse un giorno dopo aver incominciato a insegnarmi a leggere un'intera parola. Ricordavo che mi aveva già lodata quando muovevo i primi passi di danza, ma ora i suoi complimenti mi rendevano molto felice, perché leggere mi sembrava ben più difficile e importante che ballare.

«Allora riuscirò anch'io come voi?» gli chiesi.

«Riuscire...? In che cosa?»

«A leggere il vostro libro!»

«Ci vorrà ancora un po' di tempo.»

«La prossima settimana?»

«Non credo, ma dipende da te, anche se la volontà non basta.»

«Adesso ho l'entusiasmo!»

«Ah, bene; non dimentichi proprio niente di quello che dico! Ci vuole anche talento.»

«Talento.»

«Sì, quello che hai per la danza. Vedremo come sarà con la lettura e la scrittura. La giustizia del cielo distribuisce il talento: non sempre chi riesce bene in una cosa è bravo anche in un'altra. Comunque, vedendo i tuoi progressi, sono sicuro che imparerai.»

Pensavo che, se un giorno fossi riuscita a leggere il libro del Français, sarei diventata una persona importante. Così studiavo sul mio quaderno appena tornavamo dalle nostre rappresentazioni e soprattutto quando faceva brutto tempo. Ma Delhi era così grande che il Français trovava sempre un posto nuovo per recitare, anche al coperto, se pioveva. Le rupie riempivano i piattini dei miei due compagni di lavoro, e io sapevo che almeno per quel giorno avremmo mangiato bene.

Proprio quando avevo incominciato a riconoscere da sola qualche parola del suo libro, il Français decise di lasciare Delhi.

«Cari colleghi» disse, «dobbiamo trovarci un'altra città: questa l'abbiamo sfruttata a dovere.»

Andare via, ancora una volta. Ero contenta e mi dispiaceva. Sarei salita su un autobus o sul treno, avrei guardato dal finestrino scivolare davanti ai miei occhi le strade di Delhi, e poi la campagna, i paesi, la gente. Il padrone mi avrebbe ancora insegnato a vedere. Lui notava sempre qualcosa che a me sfuggiva, così mi aiutava a capire che davvero tutto ha un senso, anche le cose più piccole che sembrano insignificanti: basta osservare con attenzione e appare un mondo curioso, divertente, drammatico. Solo le montagne avevo imparato a guardare bene, senza che nessuno mi avesse mai insegnato come fare: pensavo che un giorno, quando il Français sarebbe ritornato con me al mio paese, avrei potuto insegnargli io a osservare quelle montagne. Ma adesso mi sarebbe anche piaciuto fermarmi, dormire per un po' di tempo nello stesso posto, prendere delle abitudini e conoscere altri bambini. Non avevo amici: gli unici erano Juliette e Robert, e ora, cominciando a leggere, avrei voluto che qualcuno studiasse insieme a me. Sapevo che c'erano le scuole: mio padre non mi ci aveva mandata, perché diceva che era più importante badare alle capre e filare la lana. Forse, una volta ritornata a casa, ci sarei potuta andare e avrei fatto vedere a tutti che sapevo già leggere.

VII

Ce ne andammo da Delhi dentro un'onda di caldo torrido. Già di mattina il sole bruciava e neppure camminando all'ombra degli alberi si riusciva a trovare un po' di sollievo. La stazione non era la stessa in cui eravamo arrivati, era assai più grande e gremita da molta più gente, un fiume lento a cui non si poteva fare resistenza, che sbatteva da una parte all'altra contro invisibili argini. Un puzzo dolciastro mi stordiva, e pur rimanendo attaccata con tutte le mie forze alla camicia del padrone, avevo paura di perdermi. Lui doveva essersi accorto che c'era qualche pericolo, perché si fermò, mi strinse al polso la corda con cui teneva legato anche Robert ma, appena stretto il nodo, ebbe un'esitazione: si fermò, mi sciolse e mi prese in braccio. Nessuno mi aveva mai presa in braccio: sì, forse quand'ero piccola, ma non me lo ricordavo. Quel gesto che mi sollevava da terra era come se mi strappasse da tutti i pericoli del mondo proteggendomi per sempre dal male. Che strano era il Français! Così buono e così solo, o forse sono le persone che hanno scelto la solitudine a essere buone. E se il prossimo inverno, quando mi avrebbe riportata a casa, fosse rimasto a vivere con noi? Perché avrebbe dovuto lasciarmi? Lui non ha nessuno, dove sarebbe andato?

Nelle città restavamo solo qualche settimana, poi di nuovo in viaggio. Moradabad, Bareilly, Lucknow non erano diverse tra loro e, nonostante tutta l'attenzione che ci mettevo per non lasciarmi sfuggire nessun particolare, non riuscivo a trovare niente che mi incuriosisse. Il Français mi diceva che chi non vede le differenze non riconosce la bellezza del mondo. Io ci mettevo tutto il mio impegno per vedere e capire, ma mi sembrava di trovarmi sempre nella stessa stazione, nella stessa piazza del mercato, di fronte allo stesso tempio o alla stessa moschea. Anche le recite erano puntualmente ripetute: ma io avevo imparato la lezione, ero diventata una professionista che s'impegnava per non deludere il pubblico. La piazza, come diceva il padrone, la sfruttavamo presto e a dovere, così non ci restava che trasferirci in una nuova città.

Ormai viaggiavamo in treno, e almeno in questo le nostre abitudini non cambiavano: io mi sedevo sempre al finestrino con Robert in braccio o tra le gambe, e il padrone vicino a me con Juliette. Le stazioni continuavano a non piacermi. Avevo paura di perdermi tra tanta gente: aspettavo, mi chiedevo se il Français mi avrebbe presa ancora in braccio come a Delhi, quando, sollevata fin sopra le sue spalle, mi era sembrato che non mi sarebbe mai potuto capitare niente di male. Ma non era più accaduto.

A Bareilly le nostre recite erano state accolte con successo anche perché la gente era molto semplice e si divertiva facilmente. Come premio, il Français mi aveva comperato un libro e mi insegnava a leggerlo. Sapevo già tutto quello che c'era scritto nelle prime pagine; le difficoltà arrivavano un po' più avanti. Capivo poco e purtroppo non avevo tempo per studiare: solo in treno riuscivo a concentrarmi sul mio libro. Durante tutto il percorso che ci portava da Lucknow a Kānpur e ad Allahabad mi ero però distratta, catturata dalla vista di un fiume immenso che continuava a seguirci, e della gente che ci entrava almeno fino alle ginocchia rimanendo poi immobile a fissare il sole.

«Quello è il Gange» mi disse il padrone che si era accorto della mia curiosità, «e adesso farai bene a guardare e a lasciar perdere per un po' il tuo libro. C'è chi vive tutta la vita con la speranza di potersi bagnare, almeno una volta, nelle sue acque. Sei fortunata: tu potrai farlo senza aver faticato.»

«Anche noi dovremo entrare nel fiume come quella gente?»

«Nessuno ci obbliga; la fede non è una costrizione. Ma per chi crede nel Dio Vishnu, il Gange e Allahabad, la città in cui tra poco arriveremo, sono sacri.»

«E io in che cosa credo?»

Il Français si mise a ridere: «Bisogna credere nel racconto più bello. Devi sapere che tanti, tanti anni fa, su queste sponde del Gange, un uomo, Allahabad, fu testimone di una lunga e terribile lotta tra gli dei e gli spiriti del male. Si combattevano per il possesso del Kumbh, il vaso d'argilla che conteneva il liquore dell'immortalità.»

«E poi cos'è successo?» chiesi al Français che, sporgendosi dal finestrino per vedere a che punto della strada eravamo, aveva interrotto il suo racconto.

«Ha vinto il bene, hanno vinto gli dei. Trionfa sempre il bene nella religione, per questo dobbiamo avere fede.»

«La fede per essere buoni?»

«Hai capito quello che tanti non riescono a capire in tutta una vita.»

Ad Allahabad si faticava a camminare tanta era la gente, ma il padrone conosceva bene la città e non si lasciava intrappolare dai "pellegrini", come lui li chiamava. In poco tempo arrivammo ai giardini di Kusru e ci fermammo all'ombra di tre alberi che formavano un cerchio, come un piccolo tempio di rami e di foglie. Avevo capito che quella sarebbe stata la nostra nuova casa.

Le recite non ci davano grandi soddisfazioni: la folla era immensa e non ci permetteva di iniziare con quella bella marcetta, tutti in fila, fino al luogo dello spettacolo; e anche lo spazio dove ballare era sempre molto limitato.

«No, oggi non si fa niente» mi disse una sera, mentre stavo preparando il mio sari.

Pensavo che il Français volesse lasciar trascorrere qualche giorno, aspettando che la gente se ne andasse, e poi riprendere il lavoro. Invece stava male. Diceva che gli mancava il respiro e che doveva riposare un po', ma non voleva che fossimo noi, soli, a rappresentare lo spettacolo per incassare qualche rupia. Così, senza far niente, si esaurirono presto i soldi per mangiare, e un sentimento di sconforto misto all'inedia si impadronì di noi.

Robert se ne rimaneva accucciato, Juliette non si muoveva di un centimetro dal suo padrone e io non avevo neppure voglia di studiare il mio libro.

Fino a quel momento ero stata fortunata, ma avrei dovuto prepararmi a situazioni difficili, mi ripeteva in continuazione il Français. Ecco, quei momenti erano arrivati. Una mattina, però, lo vidi in piedi, lungo lungo a stiracchiarsi e a camminare avanti e indietro. Il peggio era passato, pensai, e infatti, con quel buon umore che non lo abbandonava mai, sentenziò che lo spettacolo sarebbe ripreso.

Ma ad Allahabad non restammo molto a lungo: in quelle condizioni era troppo difficile recitare. «Siamo arrivati in un momento sbagliato» disse. «Troppa gente che non può diventare il nostro pubblico. Ogni dodici anni ad Allahabad si fa questa grande festa religiosa: milioni di pellegrini arrivano da tutta l'India, e noi ci siamo capitati nel bel mezzo. Prima di andarcene, però, ti porto a vedere la riva del Gange dove sono state disperse le ceneri di Gandhi.»

«Gandhi?»

«Un uomo saggio e buono. Non dimenticarlo.»

E così coi miei amici mi rimisi in viaggio, costretta ad abbandonare tutto ciò a cui istintivamente cercavo di legarmi anche se non lo amavo: un angolo di strada, il riparo di un porticato, un giardino, qualche piccola abitudine. Rimanemmo solo qualche ora su un vecchio treno che procedeva lento, costeggiando le sponde del fiume affollate di gente che cercava un varco per bagnarsi nelle sue acque. Scendemmo a Benares, anche se nelle intenzioni del Français avremmo dovuto proseguire per Patna e poi su, fino a Darjeeling, dove avrei rivisto le montagne. Ma il padrone si sentì di nuovo male e volle fermarsi per riprendere fiato. L'aria a Benares era, in verità, irrespirabile, sembrava densa tanto era umida. Comunque si riuscì a trovare un bell'angolo fresco vicino al lago sacro del tempio di Durga, accanto a una siepe di ibisco.

«Français, faremo noi qualche recita senza allontanarci troppo. Non dovete preoccuparvi.» Lo vedevo esausto, senza energie: mi rattristava e mi inquietava nello stesso tempo.

«La gente, qui, non vuole distrarsi... Qui si viene a morire e per incontrare Dio, Malini. Noi portiamo la festa e il sorriso; non dobbiamo distrarre queste anime che vogliono purificarsi e liberarsi dalla vita.» Aveva la voce sommessa, lo sguardo annebbiato: non l'avevo mai visto così debole; non pensavo che un uomo forte e alto come lui potesse soffrire. «Cosa devo fare?» gli chiesi accucciandomi vicino. Anche lui, adesso, mi sembrava vecchio. Avrei voluto aiutarlo in qualche modo, anche se mi sembrava strano che proprio io potessi venirgli in soccorso. Provai a insistere, dicendogli che, almeno con Robert, sarei riuscita a guadagnare un po' di rupie.

«Tu non farai niente» mi disse, cercando di essere autorevole anche in quelle condizioni. «Ne approfitterai per studiare il tuo libro. E poi abbiamo da parte qualche moneta per mangiare: ci basterà fino a quando ritroverò le forze.»

La mattina andavo a comprare il pane e lo yogurt in una bottega vicino al tempio. La padrona diceva che era di latte fresco di capra, ma non era vero: io sapevo bene quale avrebbe dovuto essere il suo sapore, e così discutevo con lei, riuscendo a convincerla che il prezzo giusto da pagare era molto più basso.

Forse per distrarsi o per non farmi annoiare il Français mi chiedeva di riferirgli tutto quello che mi capitava di vedere senza dimenticare nessun particolare. Una sera ritornavo dall'Asi Ghat dove ero stata a guardare la gente che si bagnava nel Gange. Avevo una gran confusione in testa: non capivo perché alcuni si spruzzavano l'acqua sul palmo delle mani e di tanto in tanto la gettavano nella direzione del sole, altri abbandonavano alla corrente centinaia di petali bianchi quasi volessero proteggere il fiume con una coperta di fiori, altri ancora accendevano lumi di cera che la corrente portava lontano. Il mio Dio era più semplice, era custodito nel mio pensiero: così mi avevano insegnato i monaci. Questo Dio era diverso, più misterioso, e non lo capivo. Volevo che il Français mi spiegasse ogni cosa, così tornavo in fretta da lui tenendo Robert legato alla corda, cercando di non dimenticare niente di quello che avevo visto.

Lo trovai come al solito accanto alla siepe di ibisco, con la testa un po' china sulla spalla. Non volevo svegliarlo. Il suo viso era sereno, disteso, senza quelle rughe profonde che lo segnavano da quando aveva incominciato a non sentirsi bene. Pensavo che la malattia se ne fosse andata e che anche noi saremmo potuti partire per una città più allegra, dove la gente avrebbe apprezzato il nostro spettacolo. Ero felice: presi dal sacco il mio libro e feci tutti gli esercizi di lettura e di scrittura del capitolo finché il buio mi impedì di continuare e mi addormentai accanto al Français. La mattina seguente mi accorsi che era morto. Rimasi seduta con la testa appoggiata sul suo petto, tra i fiori di ibisco: non avevo mai visto un morto, ma sapevo che, se gli si vuol bene, bisogna stargli vicino perché la sua anima si è allontanata e lui si sente solo. Presi la sua mano e incominciai ad accarezzarla e a piangere. Toccavo quella mano per la prima volta: mi ero sempre rifiutata di stringerla nascondendo il braccio dietro la schiena, come se con quel gesto volessi ricordargli che io non ero sua, che lui mi aveva portata via dalla mia mamma. Ma anche lui adesso mi lasciava: tutti quelli che mi amavano mi abbandonavano.

E ora cosa mi sarebbe successo? Come sarei ritornata nella mia casa? Chi mi ci avrebbe accompagnata? A chi mi avrebbero ancora venduta? E Juliette e Robert, chi avrebbe badato a loro?

Rimasi così per tanto tempo, accarezzando la sua mano appoggiata sulle mie ginocchia, finché si accorse di noi il sacerdote del tempio di Durga. Portarono via il Français e mi lasciarono lì, senza chiedermi niente. Ero abbandonata a me stessa, ma non avevo paura, né mi sentivo sola: era come se il Français continuasse a starmi vicino. "Non si muore mai davvero" mi diceva, "quando si rimane nel cuore di chi ti ha voluto bene."

Dovevo andarmene, pensavo di nascondermi, di scappare via, ma non sapevo dove. Mi guardai attorno come facevo quando mi perdevo tra le mie montagne, cercando un punto di riferimento per ritrovare la strada di casa. Sotto la siepe di ibisco era rimasto il sacco del Français e, accanto, Juliette e Robert sembravano fare la guardia, aspettando il ritorno del loro padrone: ci frugai dentro, sperando di trovare qualcosa, una cosa qualsiasi che mi potesse aiutare in quella situazione. Ma non c'era niente di più di quello che già avevo visto: la coperta, il giubbotto, l'armonica con cui suonava le canzoni per incantare la gente, i flauti, i libri e le mie vecchie scarpe, il suo primo regalo. Forse lui voleva bene a tutti, non a me in particolare; forse chiunque l'avesse accompagnato nel suo girovagare sarebbe stato bene con lui, avrebbe imparato tante cose, sarebbe stato rispettato. Presi i suoi due libri e le scarpe... e adesso ero pronta. Pronta per andare dove?

Mi incamminai con Robert tenendolo legato alla corda e cercai di farmi seguire da Juliette. Non sapevo come portarla, perché lei se ne stava sempre con il suo padrone e con me non aveva mai fatto molta amicizia: era solo una collega di lavoro, forse anche gelosa delle attenzioni che il Français mostrava per me. La chiamai più volte; Robert mi aiutava abbaiando. Ma inutilmente. Intorno al tempio di Durga c'erano molte scimmie che saltavano tra i rami degli alberi, e credo che Juliette fosse in dubbio se venire con noi o fermarsi con loro e continuare a sorvegliare dall'alto la siepe di ibisco in attesa del ritorno del suo padrone.

«Avanti, Juliette, non farmi arrabbiare!» le dicevo

ripetendo le frasi con cui la rimproverava il Français. Ma lei non si muoveva. Se ne stava seduta con la coda tra le zampe e mi guardava. Io ero sicura che stesse piangendo. Poi all'improvviso fece un balzo, si arrampicò in cima a un albero e scomparve.

Camminai tutto il giorno senza sapere dove andare, senza fermarmi, senza riuscire a vedere niente in mezzo a tanta gente. Sapevo che il Français avrebbe voluto che osservassi bene ogni cosa, ma ero così stordita che non guardavo e non pensavo a niente. Incominciava a far buio e io mi trovavo ancora a girovagare con Robert che mi seguiva a testa china, più stanco e confuso di me. Avevo fame e in tasca non avevo neppure mezza rupia. Potevo chiedere l'elemosina come vedevo fare ai poveri, ma il Français mi aveva insegnato che noi siamo artisti, non mendicanti. Ero arrivata alla stazione, pensavo di salire sul treno e tornare a casa. Come avrei potuto fare? A chi avrei dovuto chiedere aiuto? Nessuno si preoccupava di me, nessuno durante il giorno mi aveva fermata, mi aveva domandato cosa facessi da sola. Tutta quella gente era concentrata nei suoi affari o nelle sue preghiere e neppure si accorgeva di me.

Disperata, incominciai a parlare a voce alta con il Français per chiedergli qualche consiglio, e mi pareva che lui mi rispondesse, che mi dicesse di non aver paura, di passare la notte là vicino, in un posto un po' nascosto, di non perdermi d'animo, perché nella vita succede sempre qualcosa di buono proprio quando meno te lo aspetti.

Ascoltai i suoi consigli: trovai un angolo buio e riparato sotto un arco non lontano dai binari, disposi la mia borsa come mi aveva insegnato per trascorrere la notte, presi Robert in braccio e, con un po' di fatica, riuscii ad addormentarmi.

Mi risvegliarono la fame e le prime luci del giorno. Mi guardai attorno meravigliata di trovarmi accanto a un muro. Avevo sognato di essere arrivata in volo nel mio paese e invece me ne stavo rannicchiata su un pavimento di pietra che mi aveva fatto da letto. Piangevo e speravo che una persona buona venisse ad aiutarmi. «Tu puoi andare» dicevo a Robert che mi leccava il viso e capiva la mia disperazione. «Tu puoi arrangiarti meglio di me.» Ma lui rimaneva accanto a me, lui non mi abbandonava, e con la zampa continuava a grattarmi la mano come se volesse accarezzarla.

"Preoccuparsi innanzitutto delle cose più importanti: le altre possono aspettare" mi diceva il Français. Avevo molta fame: questa era sicuramente la cosa più importante, e, certo, non potevo risolverla rimanendo seduta a piangere. Mi feci forza, presi la mia borsa, legai Robert e, camminando lungo i binari del treno, ritornai alla stazione. Mi ero fermata dove il muro formava un'ansa, lasciando uno spazio che la gente non attraversava. Era proprio un posto come quello che il Français sceglieva per le nostre rappresentazioni. Non c'era la sua musica, non c'erano i suoi giochi di prestigio, non c'era più neppure Juliette: ma io e Robert potevamo divertire per un po' il pubblico. Slegai Robert, indossai in fretta il mio sari e incominciai a danzare. Seguivo la musica che sentivo solo io, nel mio cuore, e mi impegnavo come se il Français mi stesse osservando; intanto anche Robert aveva capito che doveva dare il meglio di sé: ballonzolava su due zampe, faceva piroette intorno a me e ogni tanto si lanciava verso l'alto con un salto mortale che era la sua specialità.

La gente, incuriosita, si era avvicinata formando un semicerchio intorno a noi e, alla fine della recita, anche se Robert non aveva il piattino stretto tra i denti per raccogliere le monete, le sentii tintinnare mentre cadevano sul pavimento davanti a noi. Ero felice: in fondo è proprio vero che basta poco per passare dalla disperazione alla felicità. Per adesso il problema più importante era risolto: con quei soldi avrei comprato qualcosa da mangiare.

«Brava! Sei molto brava.» Non avevo visto l'uomo che si era avvicinato mentre riponevo nella borsa il mio sari. Era piccolo e grasso, la tunica che indossava era bianca e pulita; alle dita della mano portava grossi anelli d'oro. Abbassai gli occhi rimanendo ferma di fronte a lui.

«Cosa fai qui da sola?» mi chiese con un tono di voce gentile.

«Non lo so, signore.»

«Come, non lo sai!»

Rimasi immobile e in silenzio.

«Sei qui sola, non è così?»

Continuai a non rispondergli; guardavo Robert che si era messo a sedere tra me e quell'uomo.

«Davvero sei molto brava, e anche il tuo cane. Se vuoi, posso aiutarti... Sono sicuro che hai fame.»

«Sì, signore» gli risposi senza pensare.

«E allora andiamo, ti darò io qualcosa, così non dovrai spendere i soldi che hai appena guadagnato.»

Non mi lasciò tempo per decidere: mi afferrò il polso obbligandomi a seguirlo. Potevo liberarmi, perché non mi teneva stretta e la sua mano era viscida per il sudore. Mi bastava uno strattone e sarei corsa via con Robert. Ma dove sarei andata? E poi anche dal Français volevo scappare, e lui invece mi ha voluto bene, mi ha insegnato a leggere. Forse anche quell'uomo era buono; era sicuramente ricco e avrebbe potuto aiutarmi a tornare a casa. Se fossi riuscita a spiegargli da dove venivo, se mi fossi ricordata tutti i particolari del mio viaggio, avrebbe capito qual era il mio paese. Aveva ragione il Français: bisogna saper guardare e ricordare, allora si trova sempre una soluzione ai propri problemi.

«Eccoci arrivati» mi disse, «adesso avrai da mangiare. Vedrai che starai bene con noi.»

Ero entrata in una stanza grande e buia: avevo camminato a lungo? Non lo sapevo, così come non mi ricordavo la strada. Avevo sbagliato, dovevo stare attenta: adesso non sarei più riuscita a ritrovare la stazione, non avrei più potuto prendere il treno per tornare a casa.

«Ecco, puoi mangiare quanto vuoi!» Quell'uomo mi aveva portato una bella scodella di riso, yogurt e anche formaggio.

«Su, avanti: è per te.» Non osavo toccare niente, ma avrei potuto divorare tutto in un boccone. Cominciai piano piano dal riso; poi, meccanicamente, le mie mani diventarono sempre più veloci nel riempirmi la bocca. Quando non riuscivo a farci entrare più neppure una briciola, davo due pezzetti di formaggio a Robert. Nemmeno con il Français avevo mangiato così bene. Ero davvero fortunata.

«Adesso dimmi dove sta la tua famiglia» mi chiese quell'uomo.

«Mi riportate dalla mamma?»

«Se so dove abiti, possiamo andarci.» Era gentile e la sua voce rassicurante.

Mi aveva fatto accomodare su una grande sedia: da quando me n'ero andata di casa riposavo sempre per terra o su un prato, mentre adesso, stando così comoda, mi pareva di potergli raccontare ancora meglio la mia storia. E invece, poco dopo che ebbi incominciato a parlare, mi accorsi di quanta confusione avessi in testa. Avevo dimenticato dei particolari che probabilmente erano importanti, ma non mi persi d'animo. «Ora possiamo ritornare a casa?» gli domandai dopo avergli detto tutto quello che mi era venuto in mente.

«Mi pare che abiti molto lontano: vedremo come fare» mi rispose accarezzandomi i capelli.

Ero felice: quell'uomo aveva capito anche ciò che non ero riuscita a spiegargli. Scesi dalla sedia e corsi ad abbracciare Robert accucciato sul tappeto. Anche lui aveva finito di divorare il pane che gli avevo allungato.

«Sei stanca?» mi chiese quasi con affetto.

«No, signore: possiamo partire subito.»

«Quanta fretta, quanta fretta! Devo ancora controllare dove si trova il tuo paese; pronunci il suo nome in un dialetto che conosco appena. Devi avere un po' di pazienza, poi riuscirò a sistemare ogni cosa. Per adesso, prova a ripetere quei passi di danza... quelli che ti ho visto fare alla stazione...»

«Subito, signore!» E mi portai al centro della stanza.

«No, non qui. Vieni!» mi disse dirigendosi verso la porta. «Lascia qui il tuo sacco. Torneremo più tardi a riprenderlo.»

«Robert viene con me!»

«Se vuoi» mi disse accarezzandomi ancora una volta la testa.

Sulla strada, di fronte a noi, si fermò una macchina. L'uomo aprì lo sportello e mi fece un cenno perché entrassi. Non ero mai salita su una macchina; ero intimorita ma anche eccitata: nessuno al mio paese avrebbe mai creduto che avevo viaggiato perfino in automobile.

«Su, coraggio! Così arriveremo prima e senza stancarci» mi disse vedendomi esitare.

Sprofondai nel sedile: era così morbido che sentivo le ossa staccarsi da me e abbandonarsi come se fossero su una nuvola di gomma. Allungai il collo: riuscivo a tenere gli occhi proprio sul bordo del finestrino. Questa volta volevo guardare tutto per bene.

Attraversammo un ponte che scavalcava i binari del treno, entrammo velocissimi in un viale fiancheggiato da alberi carichi di fiori rossi, tutt'intorno le case erano alte e nuove, circondate da giardini con l'erba tagliata alla perfezione. Ci fermammo davanti a un palazzo bianco.

«Qui ci sono molti turisti: vedrai come ti apprezzeranno. Va' con Habib e ubbidiscigli» mi disse allontanandosi.

«Signore, io voglio rimanere con voi!» gli gridai, tendendogli la mia mano.

«Avanti, non fare storie!» mi disse in modo brusco

l'uomo che avrei dovuto seguire. Era alto, magro e anche sporco. Mi portò proprio ai piedi della scalinata di quel palazzo. Molta gente entrava e usciva; aveva la pelle bianca e i vestiti molto diversi dai nostri. Con il Français avevo già visto quel genere di persone, ma lui diceva che non era il nostro pubblico. Adesso, invece, Habib pretendeva che facessi la mia rappresentazione proprio per loro. Non avevo il sari e il vestito che portavo era in qualche punto stracciato; non avevo la musica: come avrei potuto fare una bella recita? Ma ubbidii e incominciai a improvvisare qualche passo di danza senza entusiasmo e senza concentrazione. Robert era rimasto accovacciato a guardarmi, sicuramente disapprovandomi: aveva ragione a starsene fuori dallo spettacolo!

La gente che entrava e usciva da quel palazzo gettava una moneta per terra, vicino ai miei piedi: mi guardava appena, però; non si fermava ad assistere alla mia rappresentazione.

Sapeva sempre tutto il Français: quello non era il nostro pubblico.

«Non voglio l'elemosina» dissi a Habib, smettendo di danzare.

«Hai sentito il padrone? Devi fare quello che ti ordino io! Continua a saltellare finché ti dirò di fermarti.» Tornò a sedersi in disparte, su un muricciolo, da dove mi sorvegliava.

Danzai per alcune ore, e quando Habib si accorse che ero proprio stanca, si avvicinò, mi tirò per un braccio e mi diede un pezzo di pane che andai a mangiare seduta sul marciapiede insieme a Robert. Ma la pausa durò poco. Mi afferrò la mano e, quasi trascinandomi, mi portò davanti a un altro palazzo, poco distante, costringendomi ancora a danzare.

Alla sera mi girava la testa, le gambe mi facevano male e ormai non riuscivo più a eseguire nessuno di quei bei passi che avevo imparato. Ma la gente continuava a gettarmi monete, che Habib, quando non era visto, veniva a raccogliere. Credo che alla fine della giornata avesse realizzato un incasso da far invidia al Français, anche se noi, tutti insieme, facevamo un vero spettacolo che divertiva la gente.

Quando incominciò a fare buio, Habib mi riportò nella casa in cui ero stata la mattina. Appena entrata, vidi la stanza piena di bambini più o meno della mia età.

VIII

I bambini si muovevano come ombre in quella stanza umida e senza luce, sembrava che neppure si vedessero, incuranti gli uni degli altri in un silenzio interrotto soltanto da colpi di tosse frequenti e convulsi. Habib se n'era andato, ed era sparito anche l'uomo vestito di bianco, quello che mi aveva promesso di riportarmi a casa. Cercavo con lo sguardo la mia borsa con il sari e i libri nell'angolo dove l'avevo lasciata: non c'era più niente. Aspettavo, immobile, davanti alla porta.

«Come ti chiami?»

Mi si era avvicinato un bambino più piccolo di me, sporco: il suo vestito tutto stracciato non era che un sacco con tre buchi per lasciare uscire testa e braccia.

«Non devi aver paura di me» mi disse con un tono di voce che cercava di imitare quello di un adulto. «Io sono Jalauddin. Puoi fidarti di me. Hai fame? Vuoi mangiare qualcosa?»

«Si può?»

«Seguimi. No, no... il cane è meglio nasconderlo

dietro a quelle casse. Poi porteremo qualcosa anche a lui.»

Jalauddin mi prese per mano, attraversammo quasi correndo un lungo e buio corridoio ed entrammo in una stanza piena di fumo, dove c'erano dei bambini in fila ad aspettare ordinatamente che la loro scodella fosse riempita di una minestra che cuoceva in un pentolone.

«Siamo sfortunati» disse Jalauddin, «oggi non c'è riso, forse ci daranno il pane.»

Avevo così fame e avevo imparato a mangiare tutto quello che mi davano, che la minestra mi sembrò squisita. «E cosa portiamo a Robert?» gli chiesi dopo aver ripulito il piatto.

«A chi?»

«Al mio cane.»

«Non mi hai ancora detto come ti chiami... Aspetta, questo è il momento giusto.»

La donna che riempiva i piatti vicino al pentolone era uscita dalla stanza. Jalauddin s'infilò sotto il tavolo, sparendo dietro un armadio. Sbucò fuori con delle croste di pane che Robert divorò soddisfatto. Poi, per ringraziare il mio amico, andò verso di lui ritto su due zampe, incrociò le altre due sul petto e abbassò il muso.

«È bravissimo! Non è un cane come gli altri! Dove l'hai trovato?»

«Non è mio: lo tengo con me perché il suo padrone non c'è più... giravamo tutti insieme... ho fatto tanti viaggi in autobus e anche in treno...»

«È stata la tua famiglia a venderti o ti hanno presa?» mi chiese dopo avermi fatto sedere vicino alle casse dove era tornato a nascondersi Robert.

«La mia famiglia mi ha fatto andare via... per avere i soldi che servono per curare il mio papà» gli risposi abbassando gli occhi. «Ma questa mattina il signore tutto vestito di bianco e profumato che mi ha portata qui mi ha detto che mi avrebbe accompagnata a casa.»

«Ma quale casa! Se sei qui, vuol dire che a casa tua o non ti ci vogliono o non ci tornerai più!»

Il cuore incominciò a battermi forte e la faccia mi sembrava bruciare dal calore improvviso. Mi ripresi subito: cosa poteva saperne un bambino, per giunta più piccolo di me? «Quel signore è stato buono» gli risposi con decisione, «mi ha anche fatto salire sulla sua automobile, mi ha promesso...»

«Sì, sì, te ne accorgerai; ma chiedere l'elemosina non è così faticoso: se siamo bravi non ci succederà niente e ci daranno da mangiare. Tu cos'hai fatto oggi?»

«Ho danzato!»

«Cosa? Eh, avranno pensato che quella è la tua tecnica. Sai, io ne ho un'altra: piango disperato, rimango attaccato alle gambe del turista finché non si commuove e sgancia una moneta. Naturalmente fingo, ma sono molto bravo. Ti hanno dato tanti soldi oggi?»

«Credo di sì.»

«Bene, molto bene. Ti avranno fatto lavorare davanti al Clark o al Taj Gange: sono gli alberghi più belli. È importante che tu riesca a prendere tanti soldi.»

«Così con quelli potrò tornare a casa?»

«Non dire stupidaggini. Così non ti faranno del male, piuttosto. Sei stata di sotto?»

«No.»
«Ma come ti chiami?»
«Malini.»
«Malini: al piano di sotto ci stanno gli storpi, così non devono fare le scale. Sono quelli che non rendono più, che non riescono a fare una buona elemosina. E allora i nostri padroni gli tagliano una gamba perché impietosiscano i turisti. Se ancora non rendono, gliele tagliano tutte e due e li mettono sulla tavola con le ruote. Li hai visti, no?»

Jalauddin smise di accarezzare la testa di Robert che spuntava dalle casse. «Su, non piangere» disse prendendomi la mano. «Ti ho detto che ti aiuterò io: di me puoi fidarti. E poi sei molto bella. Potrebbero anche mandarti a fare sesso a Kalachuri Gali. Allora saresti proprio fortunata: ti tratterebbero benissimo. Lì ti lavano tutti i giorni, ti profumano, ti colorano le labbra e gli occhi. Io spero sempre che un giorno mandino anche me a Kalachuri: sono bello, vero?»

Ogni mattina Habib mi portava, insieme a un altro gruppo di bambini, nella zona degli alberghi. Ognuno di noi aveva il suo posto dove chiedere l'elemosina. Lui ci controllava, rimanendo nascosto: si faceva vedere se qualcuno non s'impegnava abbastanza e allora lo frustava con la cinghia. Mi lasciava danzare insieme a Robert, perché si accorgeva che i turisti si divertivano e mi gettavano molte monete.

Continuai così, per tanto tempo, ogni giorno era uguale all'altro. Solo quando arrivava il monsone con le piogge non uscivamo a chiedere l'elemosina.

Allora rimanevo in quella stanza buia e maleodorante, sdraiata vicino alle casse dove Robert aveva fatto la sua cuccia. Si parlava poco tra di noi perché non c'era gioia, e nessuno aveva voglia di condividere la disperazione e la miseria con gli altri. Jalauddin era diverso: nonostante tutto non si perdeva d'animo e riusciva a farmi ridere raccontandomi le sue avventure. Come sarebbe piaciuto al Français! Appena poteva – siccome avevamo l'ordine di non allontanarci dal posto che ci era stato assegnato –, veniva vicino alle casse dove stavo io. Mi svelava le tecniche che aveva usato per imbrogliare i turisti, cosa aveva rubato e come se l'era cavata: lui sì era sempre allegro, anche se, sono sicura, non era felice.

Avevo avuto mal di pancia tutto il giorno con forti crampi che mi toglievano il respiro, e tuttavia, per paura di Habib, continuavo a danzare e a chiedere l'elemosina. Quando ormai era notte e stavamo per ritornare a casa, incominciai a vomitare e ad avere la dissenteria. Habib mi allontanò perché non sporcassi proprio davanti all'albergo: in disparte, vicino a due siepi che chiudevano una stretta striscia di prato, persi i sensi. Non so per quanto tempo rimasi svenuta, ma quando mi risvegliai doveva essere molto tardi e in giro non c'era più nessuno.

Mi avevano dimenticata, ero stata ancora abbandonata, però, questa volta, mi sentivo libera. Provai ad alzarmi: le gambe erano così deboli che non mi sostenevano, ritornai a sedermi, la testa mi girava e, appena cercavo di rimettermi in piedi, incominciavo a tremare. Dov'era Robert? Mi guardai intorno: no, lui non poteva avermi abbandonata! Raccolsi tutte le mie forze, dovevo andare a cercarlo. Lo chiamavo a voce bassa perché avevo paura che qualcuno si accorgesse di me; ritornai davanti all'albergo dove avevo chiesto l'elemosina, ci girai intorno continuando a chiamarlo, inutilmente. Ero disperata: ero io responsabile di Robert. Pretendevo che gli altri si preoccupassero di me e non ero stata capace di prendermi cura di lui.

Mi misi a sedere sul bordo del marciapiede un po' nascosta, anche se un silenzio profondo era sceso tra quei lussuosi palazzi. Solo allora riuscii a udire i guaiti di Robert. L'avevano legato a una panchina: anche lui dimenticato.

Proprio così: ero tornata a essere felice perché avevo trovato qualcuno che era stato abbandonato come me.

Potevo passare lì la notte, e la mattina seguente sarebbe tornato Habib con i bambini per l'elemosina. In fondo, Jalauddin aveva ragione: non era un lavoro faticoso, bastava trovare il modo giusto per commuovere i turisti, e io ero brava. Oppure avrei potuto fare sesso in quelle case a Kalachuri... Mi incuriosiva, dovevo consigliarmi con Jalauddin: lui sì che era furbo, non come il Français che faceva soltanto quello che credeva giusto. Per ora potevo anche accontentarmi: avevo trovato chi mi dava da mangiare e da dormire al coperto; molto meglio che passare la nottata sotto un portico. Però tra noi bambini non ci si voleva bene: eravamo tanti, ma ciascuno se ne stava per conto proprio; non c'era neppure tempo per parlare. Il Français mi diceva che si deve stare con chi ci ama, e non andare in cerca di qualcuno che ci ami.

Confusa... sapevo soltanto quello che non volevo... mi allontanai dagli alberghi per trovare un posto dove trascorrere il resto della notte al sicuro, proprio come facevo con il Français.

Mi risvegliò il rumore di una campana: era strano, solenne e triste, molto diverso da quello festoso che veniva suonato davanti al tempio di Durga. Con la luce mi accorsi che avevo dormito nell'angolo di un cortile ben pulito, circondato da due file di colonne che correvano parallele ai muri di cinta; nel centro, le aiuole si alternavano alle siepi tagliate alla perfezione. E c'erano tanti fiori: così belli li avevo visti soltanto nei giardini di Srinagar.

Le campane ripresero a suonare, e un piccolo gruppo di donne vestite di bianco con una grande croce sul petto attraversarono il cortile piano piano e in silenzio. Senza scoprirmi troppo, mi avvicinai al portone in cui erano entrate, e poco dopo sentii salire da lì una musica bellissima subito accompagnata da un canto così dolce che mi fece venire voglia di danzare. Mentre l'ascoltavo, dalla parte opposta a dove mi ero nascosta arrivarono delle grida di bambini. Alcuni erano piccoli come me ma altri molto più grandi, allegri e puliti, vestiti bene e tutti allo stesso modo. Portavano a tracolla una piccola borsa da cui spuntavano libri e quaderni.

Non era vero che avevo fortuna, come mi ripeteva il Français. Quei bambini sì erano fortunati, e io avrei voluto essere una di loro.

Rimasi tutto il giorno nascosta, lì vicino, osservando quelle donne che apparivano e scomparivano seguendo i rintocchi delle campane, e i bambini che di tanto in tanto venivano a giocare nel cortile. Mi piaceva quell'ordine: mi sembrava che ci potesse essere solo là dove c'era serenità.

Quel luogo non solo mi attraeva, ma mi pareva anche sicuro, così continuai a trascorrere le notti nello stesso angolo appartato dietro le colonne. Per qualche tempo quella fu la mia nuova casa: durante il giorno mi aggiravo poco lontano, tra i grandi alberghi, e, poiché conoscevo le abitudini di Habib, aspettavo che portasse via i bambini per chiedere anch'io qualche rupia di elemosina. E intanto mi guardavo bene intorno, sperando di vedere Jalauddin: da quando ero rimasta sola, mi sembrava di volergli bene. Mi sarebbe piaciuto convincerlo a lasciare quella casa e a venire con me... ma, forse, era davvero inutile ostinarmi a trovare qualcuno che mi volesse bene.

Una mattina, osservando come al solito i bambini che attraversavano il cortile con i loro libri nella borsa, mi accorsi che uno stava piangendo disperato. Per cercare di capire cosa gli fosse successo, mi alzai al di sopra del muretto dov'ero acquattata. Una di quelle donne vestite di bianco mi vide, mi chiamò con voce buona e io mi avvicinai.

Quell'istante cambiò ancora una volta la mia vita.

Tutto quel che accadde dopo fu come se separasse da me ciò che ero stata e costruisse un'altra persona. La parte che svaniva mi lasciava soltanto ricordi, quella che incominciava a formarsi mi era incomprensibile: la osservavo come si guarda dalla finestra uno sconosciuto passare per strada che ti incuriosisce e che ti piacerebbe capire chi sia veramente. Anche il Français mi aveva portata in un altro mondo; avevo fatto lunghi viaggi, avevo imparato tante cose cambiando le mie abitudini; ma ero rimasta sempre la stessa, e anche lui, pur così strano, apparteneva alla mia realtà. Ora avrei passato il resto della mia vita a tenere unite due metà, una rivolta al passato e l'altra al futuro: in modo inconsapevole, naturalmente, senza nessuna precisa volontà. A volte, soprappensiero, mi trovavo a ricordare e faticavo a capire se quei ricordi appartenevano alla mia vita o erano soltanto dei sogni. E anche quando facevo progetti per il mio avvenire, all'improvviso, come se riprendessi coscienza dopo uno svenimento, mi chiedevo se fossi proprio io la persona che stava pensando al suo futuro non avendo alcuna consapevolezza del suo passato.

Mi abbandonai a quelle donne vestite di bianco senza nessun timore, senza chiedere niente. Anche quando mi tagliarono i capelli corti corti non mi ribellai, neppure mi lamentai. Erano buone con me, e questo mi bastava; quando chiesi se anch'io potevo studiare con gli altri bambini per imparare a leggere e a scrivere, mi sembrarono perfino più felici di me.

Tutti mi avevano sempre promesso che avrei fatto ritorno nella mia casa: prima lo zio Tobgye, poi il Français e l'uomo vestito di bianco, e adesso anche le suore continuavano a rassicurarmi.

«Ecco, Malini, metti il dito dove c'è il tuo paese» mi disse una di loro, piccola quasi come me, con gli occhiali che le scivolavano sul naso. Aveva disteso sul tavolo una grande carta che mi pareva meravigliosa, piena di colori e di segni: «Questa è la nostra India» mi aveva detto, e lì si poteva capire dov'era la mia casa.

Ma, certo, non sapevo proprio dove puntare il dito, e la suora non riusciva nemmeno a capire il nome del mio paese dal modo in cui lo pronunciavo.

I miei capelli crescevano sottili e lucidi come mai erano stati prima; e così pulita e ordinata nel mio vestito blu e con le scarpe bianche non mi ero mai vista. Forse ero bella, come mi aveva detto Jalauddin. A leggere e scrivere ero diventata molto brava e avevo imparato anche a pregare Cristo nella chiesa. Un altro Dio e un altro tempio. Sì, aveva ragione il mio Français: chi sa trovare Dio dappertutto vive in pace. E io ero in pace; pensavo alla mamma, a mio padre, alla mia casa, ma erano immagini sfuocate. Il volto di mia madre non riuscivo neppure a ricordarlo: la vedevo nella cucina con i miei fratellini o a filare la lana, ma i lineamenti del suo viso mi sfuggivano.

Non dimenticavo le mie montagne con le cime di neve ritagliate tra le nuvole e i prati dove correvo finché sentivo il cuore scoppiare, e l'acqua gelida e brillante del torrente che attraversavo con un balzo per arrivare più in fretta al pascolo. Chiudevo gli occhi e rivedevo la mia terra: la piazza del mercato piena di bandierine gialle, rosse, bianche, azzurre nel giorno della festa, e la ruota della preghiera: chissà se adesso sarei riuscita a farla girare! Chissà se mio padre era guarito e ritornato a casa! Avrà ricomprato le capre... chissà se erano maturate le cipolle e le fave nel mio orto; forse incominciava a nevicare, forse mi stavano aspettando.

Mi abituavo alla disciplina del collegio, al caldo torrido di Benares e alla nebbia dell'inverno che avvolgeva il Gange e la città come se il fiume e quella terra santa fossero una cosa sola. È facile abituarsi alle novità quando si fa una vita regolare. La campana della chiesa suonava e noi sapevamo quali obblighi dovevamo rispettare. Ah, certo, la vita con il Français era tutta un'avventura, ogni giorno aveva la sua sorpresa: "Siamo artisti" diceva, "dobbiamo metterci a disposizione del nostro pubblico". Quante cose avevo imparato da lui che in quella scuola nessuno mi aveva mai insegnato. Forse ero davvero fortunata.

Trascorreva il tempo, ormai ne era passato molto; i miei capelli erano stati tagliati tante volte. Li vedevo cadere leggeri sul pavimento: si separavano da me ed era come se anch'io mi separassi dal mio passato, scivolando lontano dalla mia origine. Il vestito blu e le scarpe bianche mi erano diventate piccole e avevo dovuto cambiarle, e anche i libri erano diventati vecchi e ne avevo ricevuti di nuovi, molto più belli e pieni di illustrazioni.

Un giorno mi accompagnarono nella stanza di quella suora che mi aveva fatto vedere la carta geografica dell'India. Non ero più stata da lei, e la vedevo soltanto quando pregavamo tutti insieme nella chiesa.

«Siediti» mi disse. «No, non lì in fondo, mettiti qui, Malini, di fronte a me.» Aveva sempre gli occhiali che le scivolavano sul naso, ma io ero ormai diventata più alta di lei.

«Le pratiche per la tua adozione sono a buon punto. Presto avrai una nuova famiglia. Ti vorrà bene, come te ne vogliamo noi, e anche di più. Continuerai a studiare, come piace a te, e avrai una tua casa, una casa vera.»

La suora continuava a parlare lentamente e con un tono di voce rassicurante, ma non riuscivo più a sentirla. Durante la scuola ci spiegavano che un giorno saremmo stati adottati, che qualcuno ci avrebbe presi con sé, per sempre. Per i grandi come me era più difficile, ma tuttavia, dicevano, c'era speranza. Io ascoltavo, seguivo con attenzione quei ragionamenti sul nostro futuro, però mi sembrava che non mi riguardassero, come se una cosa del genere, l'adozione, non mi sarebbe mai potuta capitare.

«Mi hai sentita, sei contenta, vero?» mi chiese la suora.

«Sì... non lo so.»

«Sei stata molto fortunata.» Mi accarezzò, proprio come aveva fatto una volta il Français, dicendomi le stesse parole, e, come lui, aggiungendo che dovevo ubbidire, così tutto sarebbe andato per il meglio.

Avrei ubbidito ancora una volta: cos'altro avrei potuto fare? Ubbidire, alla fine, rimaneva l'unico aiuto quando non c'erano altre vie d'uscita.

I capelli mi furono tagliati ancora tre o quattro volte, poi fui chiamata in direzione.

Insieme alla piccola suora c'era un signore con la

pelle bianca e vestito come i turisti a cui una volta chiedevo l'elemosina.

«Malini, questo signore vuole conoscerti, accompagnalo a visitare Benares; andate per la strada che solitamente fate di sabato tutti insieme, poi tornate qui per mangiare. Lui non parla la nostra lingua, ma non farete fatica a comprendervi» mi disse la suora.

Ero triste, ma cercavo di non piangere. Anche per me era arrivato il momento: avrei lasciato i miei amici, le suore a cui volevo bene e Robert: cosa sarebbe stato di lui? Era ormai vecchio e aveva smesso di saltare su due zampe e di fare le capriole e se ne stava tranquillo a dormire o a fare la guardia all'istituto.

«Posso portare con noi Robert?»

Andai a mettergli il guinzaglio, controllai intanto che le mie scarpe fossero ben pulite e, così, mi trovai sola con quel signore, io e lui, per le strade di Benares. Fino al ponte sopra la ferrovia, per la via Trunk non c'era traffico: camminavamo stretti l'uno all'altra, in silenzio, e aspettavo. Dovevo essere io a parlargli per prima? Spiegargli dov'eravamo diretti, dirgli chi ero? Sapevo che mi stava osservando, ma io fingevo di non accorgermene e rimanevo zitta: la suora mi aveva detto soltanto di mostrargli la città.

«Mi chiamo Giorgio, e tu sei Malini, vero?» Aveva atteso il momento più sbagliato per parlarmi, proprio in un incrocio pieno di traffico dove le macchine facevano un baccano assordante. Si era rivolto a me in inglese, e forse, per questo, mi sembrò ancora più estraneo, lontano da me e dalla mia vita. Pensai allora che non poteva essere quel signore a portarmi via, perché non poteva desiderare una bambina così diversa da lui. Mi chiese di Robert, di Benares, del mio vestito blu: tra una frase e l'altra lasciava passare un po' di tempo; io lo capivo appena, anche se le suore ci avevano insegnato un po' d'inglese, perché così, dicevano, potevamo farci comprendere da tutti.

Strada facendo, ero sempre meno in soggezione: quell'uomo mi sembrava spaventato in mezzo a tanta gente che si ammassava lungo la strada Chaitganj. Si guardava continuamente intorno, non sapeva dove mettere i piedi, come se avesse imparato da poco a camminare. Si passava la borsa tra le mani e poi cercava di tenerla sulla spalla: era così sudato che la camicia gli si era appiccicata alla pelle e le gocce che gli scendevano sulla fronte finivano sugli occhiali. Allora si fermava, cercava un fazzoletto per pulirli e poi se lo passava sulla faccia cercando inutilmente di asciugarla. Era buffo con quella sua testa lucida senza capelli che si scottava al sole. Avrei dovuto dirgli di mettersi uno di quegli stupidi cappellini che usano i turisti, e invece lo presi per mano. Mi guardò attraverso le sue lenti spesse: aveva gli occhi lucidi per il caldo o, forse, per la commozione. Gli camminavo appena un po' davanti, tenendolo stretto per guidarlo tra la gente, le macchine, le vacche sacre. Io mi sentivo come il Français, mentre lui era come me quando rimanevo attaccata al bordo della camicia del mio vecchio padrone, trotterellandogli un passo indietro.

Ogni tanto mi fermavo, gli indicavo i palazzi e i templi più importanti, come mi avevano spiegato le suore, arrivando fino alla scalinata del Dasashvamedha per poter toccare l'acqua del Gange. Poi pensai di allungare la nostra passeggiata, anche se sapevo di disubbidire: ma era, forse, l'ultima volta, e quel signore che mi stavo trascinando aveva un'aria mite.

Raggiunsi il tempio di Durga, girai dietro il lago sacro dov'era la siepe di ibisco che separava la strada dai giardini. Mi fermai lì qualche istante e tra le lacrime rividi il Français, seduto con la testa reclinata sulla spalla. Tutt'intorno, tra gli alberi, le scimmie saltavano da un ramo all'altro. C'era Juliette, lassù: ne ero sicura. Pensavo, anche, che mi stesse osservando. Attesi un po', forse sarebbe scesa: se non per me, che non le ero mai stata troppo simpatica, almeno per Robert. Qualche scimmietta si avvicinò per chiederci da mangiare, ma non Juliette: lei non avrebbe mai chiesto l'elemosina, lei era un'artista.

E così anche per me venne il giorno: anch'io fui salutata come si faceva con gli altri compagni che lasciavano l'istituto. Attraversai il cortile tra due file, una formata dalle suore, l'altra dai miei amici. Tutti mi diedero un bacio. In fondo c'era Robert; lo accarezzai per quel poco tempo che mi era stato ancora lasciato: lui si alzò ritto su due zampe, incrociò le altre vicino al cuore e abbassò il muso.

Non ero disperata come quando avevo dovuto abbandonare la mia mamma, la mia casa. Non ero felice. Non sentivo niente, non provavo nessuna emozione. Mi pareva che il corpo si muovesse senza di me; non sapevo più dove mi trovavo. Forse correvo tra i prati con le mie capre, forse ero distesa sull'erba a guardare le mie montagne coperte di neve che giocano con le nuvole e con il sole, forse filavo la lana con la mamma, forse stavo danzando con Robert e Juliette mentre il Français suonava la sua musica meravigliosa.

IX

Ci sono bambini orfani che non hanno mai conosciuto i genitori, che non sanno niente del loro passato; ma ci sono anche bambini che hanno avuto un padre e una madre che non dimenticano, che ricordano il paese e la casa dove sono cresciuti. Poi, a loro incolpevoli, accade qualcosa: un destino o un avvenimento drammaticamente prevedibile, che nulla – né la fortuna, né il denaro, né la società – è riuscito a contrastare, li trasformano dall'oggi al domani in poveri sventurati senza famiglia e in piccoli doni per una nuova famiglia.

Per molti anni, mentre vedevo il mio corpo trasformarsi e crescere, ho badato accuratamente a non disturbare quell'angolo del mio cuore in cui avevo custodito il dolore dell'abbandono. Talvolta, però, come se la serratura di uno scrigno cedesse, lasciando affiorare la parte di me che avevo nascosto, la malinconia del passato mi confondeva, e faticavo a dare un ordine ai miei sentimenti. Diventavo contraddittoria, ambigua con me stessa: in alcuni momenti mi aggrappavo alla speranza che proprio io sarei stata la bambina che, crescendo, i miei nuovi genitori avrebbero scelto e riscelto ancora; ma, in altri, nonostante l'affetto e il denaro speso per educarmi nel migliore dei modi, rivedevo in me la stessa bambina di un tempo lontano che era stata venduta, e nessuno aveva aiutato a ritornare nella sua vera casa, che doveva ubbidire alla sua nuova famiglia, ai suoi nuovi padroni.

Era sceso un velo sul mio viso, come se il viaggio in un altro mondo dovesse essere misterioso e senza spiegazioni. Forse qualcuno dall'alto aveva voluto proteggermi, cancellando la coscienza del dolore; o forse io, cedendo all'emozione, avevo chiuso gli occhi per non ricordare.

Li ho riaperti in un altro paese, senza colori, con la terra grigia. Tutt'intorno una luce opaca pareva spegnere la vita di ogni cosa. File di case enormi si distendevano davanti ai miei occhi, il cielo sembrava imprigionato da mille cavi d'acciaio e un'aria fosca mi bruciava la gola. Non c'erano animali, non vedevo bambini, solo macchine che procedevano lentamente incolonnate. C'era un grande ordine: uno strano deserto affollato ma senza vita.

Il mio nuovo padrone mi stringeva la mano come in una trappola, e io non avevo né la volontà né la forza di liberarmi da quella stretta: non ero mai riuscita a scappare e, anche ora, avrei continuato a ubbidire. Lo seguivo mentre camminava disinvolto in quell'ordine; non si guardava intorno impaurito come per le strade di Benares quando ero io a guidarlo. Ogni suo gesto, ogni movimento era preciso, calcolato, come se in quel mondo di cemento e di macchine nulla fosse imprevedibile e tutto sempre sotto controllo.

Dalle sue mani ero passata nelle mani di chi sarebbe stata la mia nuova madre. Le ricordo bianche, lisce, delicate: mi toccavano, mi stringevano ma non mi accarezzavano. Volevano impadronirsi di me, prendere di me anche ciò che ero stata, ma erano mani incerte, quasi diffidenti al contatto della mia pelle. Io ero immobile, in silenzio, e anche il mio nuovo padre se ne stava dietro di me immobile, in silenzio.

In quel momento tutti e tre, per la prima volta insieme, timorosi, confusi, emozionati desideravamo, comunque, che il sogno si realizzasse e che la storia, come tutte le belle storie, avesse un lieto fine. Il vero problema era come arrivarci: ognuno di noi aveva le sue speranze.

Era diventato facile quello che prima era difficile. Mi pareva di avere tutto senza chiedere niente. Avevo sentito parlare una volta dalla mia vera mamma di come vivevano le persone ricche: nel paese c'era una famiglia che mangiava quando voleva e aveva una bella casa calda perfino d'inverno. Anch'io, adesso, ero diventata ricca. Con le mie compagne dell'istituto di Benares qualche volta, la sera prima di dormire, ci sedevamo in cerchio, e ognuna di noi, facendo finta di avere tanti soldi, raccontava quello che aveva comperato al mercato. Ora, mi guardavo intorno e avevo qualsiasi cosa potessi desiderare.

Era diventato più complicato quello che prima era semplice. Non riuscivo a comunicare. È vero che sapevo soltanto un po' d'inglese, però mi accorgevo che la gente era abituata a usare tante parole, mentre a noi era sufficiente qualche gesto e una frase per esprimere le nostre sensazioni. E poi ero diffidente e resistevo alle novità, forse perché inconsciamente non volevo chiudere le porte ai miei ricordi proprio ora che non avevo più niente del mio passato. Ero riuscita a portare con me soltanto le scarpette verdi che usavo nei giorni di festa, un ricordo da cui non mi sarei mai potuta separare. Ma non avevo il permesso di metterle, perché, mi dicevano, non stavano bene con i miei nuovi vestiti.

Nei primi tempi trascorsi nella casa di Milano, cercavo di conservare le mie vecchie abitudini, ma era faticoso, anzi era quasi impossibile: avrei dovuto avere qualcosa di mio, qualcosa della mia vita in India che avevo conservato, e invece ormai tutto era cambiato. Avevo una camera e un letto solo per me: le lenzuola bianche, il cuscino; sul muro c'erano anche due piccole macchie, ma non erano né una stella né un cavallino. Non erano niente, non mi parlavano, o forse ero io, diventata grande, a non essere più capace di ascoltarle. Non avevo mai dormito sola, e al buio, impaurita, mi svegliavo spesso di soprassalto. A volte piangevo, e Giorgio, allora, entrava nella mia stanza: credeva di non farsi notare, ma io lo sentivo avvicinarsi al letto, mi guardava, immobile, a lungo. Non mi accarezzava, neppure mi sfiorava, forse per non svegliarmi, o forse perché capiva che non volevo l'affetto di nessuno, semmai soltanto protezione.

Era dolce quella sua discrezione, quel suo rispetto per la mia storia e la mia diversità. Lui era venuto a prendermi a Benares; aveva visto come vivevo, e le suore gli avevano di certo raccontato come ero finita nell'istituto. Capiva e non pretendeva niente da me: sembrava bastargli che io esistessi, che ora fossi nella sua casa.

Con la mia nuova mamma era molto diverso: appena poteva mi toccava, mi stringeva; era ansiosa, si preoccupava di tutto, mi metteva sul piatto una quantità di cibo che non ero abituata a mangiare neppure in una settimana. Mi regalava bambole, animali di stoffa come se sapessi divertirmi con quelle cose. Facevamo interminabili passeggiate ai giardini o per le strade dove c'erano tanti negozi. Ci fermavamo davanti alle vetrine e mi chiedeva se desiderassi quel vestito o quel paio di scarpe perché lei me li avrebbe comprati. E intanto parlava, parlava un po' in inglese, un po' in italiano; credo che mi raccontasse tutto quello che le passava per la mente, ma non mi chiedeva mai niente di me, come se la mia vita fosse appena cominciata. Non sapevo neppure il suo nome: lei era "mamma" tutti in casa, anche Giorgio, si rivolgevano a lei come la "mamma". Trascorsero molti giorni quando, per caso, come se le fosse sfuggito un segreto, mi disse di chiamarsi Margherita.

Giorgio aveva capito che mi piacevano i libri con molte fotografie, perché passavo il tempo a sfogliare quelli che avevo trovato su uno scaffale. Me ne portava a casa di belli, sempre più grandi e illustrati: uno, però, mi ricordò proprio quello che mi aveva regalato il Français. Era solo più nuovo e pulito, ma lui mi aveva insegnato a leggerlo, mentre né Giorgio né Margherita si preoccupavano di farmi capire cosa ci fosse scritto.

Finalmente un giorno mi mandarono a scuola. Qualche settimana prima mi prepararono al nuovo impegno, spiegandomi che avrei incominciato a studiare, che avrei imparato tante cose, in particolare la lingua che parlano tutti. Io avrei voluto dire che a scuola c'ero già stata e che erano loro a non conoscere la mia lingua; ma, comunque, ero felice, avrei conosciuto tanti bambini e mi sarei divertita.

Quello che immaginavo fosse il mio primo giorno di scuola trasformò la mia gioia in paura. Avevo capito male, pensai, perché mi fecero entrare in una stanza dove c'era una signora con un camice bianco seduta dietro a una scrivania. Era grassa e di tanto in tanto prendeva da un vassoio una caramella, però prima di mettersela in bocca mi chiedeva se ne desideravo una anch'io. Cosa voleva da me? Era gentile, sorridente: per un momento, vedendola così affettuosa, mi passò per la testa che proprio lei mi avrebbe riportata in India e mi avrebbe aiutata a ritrovare la mia vera casa.

Mi domandava se mangiavo volentieri, se alla sera mi addormentavo facilmente e se sognavo. E insisteva per sapere se giocavo, se mi divertivo: forse, nel senso in cui lo intendeva lei, io non avevo mai giocato. Rispondevo sempre di sì perché volevo sembrare ubbidiente, perché ricordavo che una bambina ubbidiente riesce sempre a cavarsela bene.

Passava il tempo e ancora non mi facevano stare

insieme agli altri bambini. Continuai, invece, ad andare da quella signora, che era la psicologa della scuola. La vedevo volentieri, ed ero sempre più contenta di parlare con lei perché era l'unica persona che mi chiedeva di quando ero piccola, che si interessava a come passavo le giornate al mio paese. Mi faceva una domanda molto breve e poi mi lasciava raccontare. Allora ricordavo di quando portavo al pascolo le capre, le corse sui prati, le feste nel mio paese, la nonna che mi aveva insegnato a filare la lana e la mamma che mi portava sempre al mercato. Parlavo come mi veniva più semplice, forse mescolando anche un po' della mia lingua; mi dilungavo nei particolari, e lei mi sorrideva, probabilmente si divertiva. Poi, un giorno, incominciai a raccontare di mio padre che si era ferito, del Français, di Robert e Juliette. Scoppiai a piangere e mi rifiutai di continuare. Era come un brutto sogno da cui non riuscivo a risvegliarmi. La psicologa voleva farmi credere che quella vita era lontana e che il tempo si sarebbe portato via le mie lacrime, mentre davanti a me c'era soltanto amore.

Eppure, se era vero che quando i ricordi sbiadiscono anche il dolore si affievolisce, mi sentivo provvisoria e mi comportavo come se fossi arrivata in una qualsiasi nuova città, proprio come mi accadeva quando giravo con il Français. Cercavo di adattarmi, di ritrovare le mie abitudini, e ubbidivo agli ordini, come sempre: una volta erano quelli del Français, poi delle suore, ora di Margherita. Ma ubbidire a lei significava non prendere iniziative, rimanere sola il meno possibile, non fare niente che lei non potesse controllare.

Margherita era molto apprensiva soprattutto quando andavamo a passeggio, come se a ogni angolo della strada ci fossero delle insidie da cui doveva difendermi. Mi stringeva la mano, mi teneva il più possibile vicina a sé; si preoccupava di sapere se camminavo volentieri, se ero stanca o se desideravo tornare a casa: voleva proteggermi, ma la sentivo come uno scudo che si frapponeva fra me e il mondo. E così, mentre prima ero abituata ad arrangiarmi da sola, ora era lei che interveniva per risolvermi qualunque problema. Diventavo sempre più distratta, viaggiavo con la fantasia perdendo a poco a poco sicurezza in me stessa. Me ne resi conto il primo giorno di scuola.

Avevo timore di lasciare la mano di Margherita tanto ero spaventata di trovarmi sola in mezzo alla gente, come se fosse pericolosa e diversa da quella che incontravo per le strade dell'India.

Quando entrai in classe i bambini neppure si accorsero di me. La maestra, con molta indifferenza, mi invitò a sedere in fondo all'aula. Ormai ero così abituata a essere al centro dell'attenzione di Giorgio e Margherita che quel disinteresse mi rattristò e rimasi muta per tutta la mattinata, guardando gli altri bambini che parlavano e ridevano tra loro. Fu un sollievo quando all'improvviso tutti si alzarono e corsero fuori dalla scuola. Anch'io, per ultima, lasciai il mio banco e appena raggiunta la strada trovai Margherita.

Non mi piaceva camminare per la città sotto un cielo grigio, opaco, come se la luce fosse sempre imprigionata da un velo che le impediva di spandersi. Rimanevo volentieri a casa: mi piaceva sfogliare i miei libri, cercando di imparare sempre più in fretta la nuova lingua. Margherita, adesso, mi aiutava, mi faceva ripetere a memoria le poesie: non comprendevo il significato delle parole, ma mi piaceva il loro ritmo cantilenante, e così era sufficiente che lei le leggesse tre o quattro volte perché io le ricordassi.

Andavo a scuola sempre più volentieri, accorgendomi che, anche se con molte difficoltà, riuscivo a farmi capire dagli altri bambini. Un giorno la maestra mi chiese di raccontare qualche episodio della mia vita. Mi alzai dal banco e, un po' timorosa, stavo per cominciare la mia storia quando lei mi chiese di venire avanti mettendomi proprio di fronte ai compagni. Parlavo, ma le frasi mi uscivano incerte, forse senza senso. Mi sentivo imbarazzata vedendo i bambini sempre più distratti: una situazione che mi ricordava il mio pubblico nelle piazze dell'India, quando non riuscivamo a divertirlo.

Allora, senza dilungarmi in particolari che non sapevo raccontare, cercai di spiegare lo spettacolo che facevo con il Français, Robert e Juliette. Poi, nel momento più opportuno, schioccai le dita sollevando le braccia, feci una piroetta e un inchino, eseguendo, con tutta la grazia che potevo trovare dentro di me, qualche passo di danza. Appena terminai vidi la maestra immobile, alla cattedra, i bambini ammutoliti mi fissavano sbigottiti. Abbassai gli occhi e poi la testa: stavo per piangere, quando all'improvviso sentii un applauso così fragoroso come mai l'avevo ricevuto neppure dopo le nostre migliori rappresentazioni. Tutti i miei compagni balzarono fuori dai banchi, facendo saltelli e piroette, cercando di imitarmi. Qualcuno mi chiese di insegnargli quei passi di danza, qualcun altro volle sapere del mio maestro e dov'erano Robert e Juliette.

Mi pareva la prima volta, da quando ero arrivata in Italia, che le persone si fossero accorte davvero di me. Finora ero esistita solo per i miei nuovi genitori, adesso incominciavo a vivere insieme agli altri.

Ma l'entusiasmo di quel giorno non si era più ripetuto. Anzi, ero sempre lasciata un po' in disparte; per esempio, quando dovevamo dividerci per formare i gruppi di lavoro, io ero l'ultima a essere scelta. La maestra si accorgeva della mia emarginazione perché, nel parlare dei popoli della Terra, non perdeva l'occasione di spiegare che, anch'io, pur avendo la pelle scura, non ero diversa dagli altri. A quel tempo non comprendevo la sua preoccupazione di convincere i miei compagni che io ero proprio come loro. Col passare degli anni avrei capito che quello era il vero problema, che chi è come me non ha in regalo nulla e quella superficiale differenza del colore della pelle divide profondamente i sentimenti delle persone. Ricordo che un giorno chiesi alla maestra se con il trascorrere del tempo e vivendo in Italia la mia pelle sarebbe diventata più chiara. Ma io, allora, stavo bene con tutti, e non mi importava se gli altri non stavano bene con me. Credevo fosse naturale che ognuno si scegliesse le proprie amicizie, e non mi rendevo conto cosa volesse dire essere diversi e scegliere non accettando la diversità.

Ormai parlavo sempre meglio l'italiano e ritrovavo più sicurezza in me stessa, liberandomi dal bisogno di protezione di Margherita. Lei, sentendosi allontanata, moltiplicava le sue attenzioni, cercando qualsiasi pretesto per starmi vicina. Erano quelli i momenti ideali per porle una domanda, una domanda precisa, ma non sapevo come esprimermi: allora tergiversavo, pensavo che fosse più opportuno aspettare la sera, quando per cena arrivava anche Giorgio. Poi, però, li lasciavo parlare senza interromperli: mi sembravano felici che io sedessi lì, in mezzo a loro, e, intanto, cercavo di immaginare quanta malinconia ci fosse tra due persone che mangiano di sera da sole.

La domanda, così semplice, mi aveva accompagnata per tanti anni della mia vita, ricevendo ogni volta risposte diverse: volevo sapere perché ero stata adottata.

L'occasione della prima volta mi fu offerta da Margherita.

«Perché non chiami Giorgio "papà"?» Me lo chiese mentre l'aiutavo a portare i piatti in tavola, con la voce che tradiva l'emozione. Non guardai lei ma Giorgio: mi sorrise con un'aria complice, come per dire: "Io non pretendo niente... questa idea non è mia".

Ma, nonostante la sua solidarietà, non sapevo cosa rispondere. Se Margherita mi avesse detto: "Devi chiamare Giorgio 'papà'", le avrei ubbidito. Non ero abituata a decidere: avevo sempre ricevuto degli ordini, con severità o dolcezza, ai quali non mi ero mai sottratta. Ora nessuno mi obbligava: mi veniva semplicemente chiesto perché non mi esprimevo in un modo diverso. E io dovevo essere sincera. «Non è il mio papà» dissi, sperando di non dover aggiungere altro.

Ci fu un momento di silenzio interrotto soltanto dal rumore delle posate. Adesso, pensavo, Giorgio cambierà discorso e io potrò raccontare quello che ho imparato oggi a scuola. E invece Margherita replicò senza mostrarsi severa: «Siamo noi, ora, i tuoi genitori, e se vuoi puoi chiamarci "mamma" e "papà"».

Giocherellai qualche istante con la forchetta. «Ma io ho già una mamma e un papà» risposi, «mi staranno ancora cercando, sapevano che sarei dovuta tornare. Aspettavo che qualcuno fosse capace di portarmi di nuovo da loro; io aspettavo... poi siete arrivati voi...»

Parlai il più in fretta possibile, senza alzare gli occhi, fissando il mio piatto, e solo la voce tremante di Margherita mi fece capire che forse stava piangendo. «Molti bambini» mi disse, «per i motivi più strani, rimangono soli. I più fortunati trovano una nuova famiglia, una mamma e un papà che li aiutano a diventare grandi, non abbandonandoli mai...»

Fortunata, fortunata: me lo ripetevano tutti da quando ero stata venduta. Non sarei stata più fortunata se fossi rimasta nella mia casa, in India?

Tornai a guardare Giorgio; mi veniva sempre in aiuto quando mi vedeva in difficoltà: lo faceva in modo discreto, senza ansia; sapeva osservarmi e attendermi come se mi seguisse da una certa distanza, pronto a soccorrermi se mi vedeva cadere. Non lasciò terminare la frase a Margherita. «Adesso continuiamo a mangiare e poi vediamo i cartoni animati prima di andare a dormire.»

Quella sera, però, finì in un modo un po' diverso dal solito.

D'abitudine, appena ero sotto le coperte, Giorgio

veniva nella mia camera per raccontarmi una favola, aspettando che mi addormentassi. Le sue storie erano fantastiche: nessuno dei miei compagni le conosceva perché era lui a inventarsele. «La fiaba di questa sera» mi disse rimboccandomi le coperte «la conoscono tutti i bambini della tua età, è quella di Pollicino.»

Quando terminò, mi chiese cosa avevo capito. Non mi aveva mai fatto questa domanda prima, anche perché sapeva che mi divertiva soprattutto il suo modo di narrare, imitando le voci, facendo i versi degli animali, i rumori della natura. Era, insomma, un piccolo teatrino quello che metteva in scena e che spesso mi faceva dimenticare lo sviluppo della storia.

«Allora?» mi chiese Giorgio.

«Pollicino ha sbagliato, perché bisogna guardare sempre bene la strada che si fa; così si imparano molte cose e non ci si perde. Però... prima di tutto è stato sfortunato perché l'hanno portato via dalla sua casa. Se ci fosse rimasto, nessuno gli avrebbe fatto del male.»

«Qualche volta, però, non si può restare nella propria casa... qualche volta si viene abbandonati» mi rispose Giorgio.

«Come è successo a me?»

«Forse ti sei distratta? O non sei stata attenta alla strada? Non avevi con te i sassolini per lasciare un segno?»

Rimasi qualche istante in silenzio. «È tutta colpa mia, vero?»

«No, capita. Ci si addormenta, i sassolini scivolano via dai buchi delle tasche, oppure si ha solo qualche briciola che mangiano gli uccellini, come è capitato a Pollicino.»

«Come è capitato a me?»

«Conosco un finale della storia di Pollicino un po' diverso da quello che ti ho raccontato. Lo vuoi sapere?»

«È triste?»

«No.»

«Allora va bene.»

«Pollicino, abbandonato nel bosco, cammina e cammina finché, nascosta tra i rovi, vede una grotta. Curioso, entra per esplorarla. Le pareti sono asciutte e in un angolo trova un po' di foglie secche. Si distende per riposarsi e subito il sonno gli chiude gli occhi. Lo risveglia un rumore di ferri e di legna che sbattono l'uno contro l'altro. Proprio di fronte alla grotta un boscaiolo depositava i suoi arnesi e i rami appena tagliati. "E tu cosa ci fai nascosto lì in fondo?" gli chiede vedendolo. Pollicino teme di essere caduto nelle mani di un altro orco e non ha il coraggio di rispondere. "Vieni fuori di lì: io non mangio i bambini" dice il boscaiolo. A Pollicino quella voce sembra buona, e siccome se non fosse uscito lui sarebbe stato comunque preso, quatto quatto sgattaiola fuori dalla grotta. Il boscaiolo, vedendolo così piccolo, pensa che abbia bisogno di mangiare, così gli dà subito un bel pezzo di pane e formaggio e lo invita ad andare con lui.

Cosa poteva fare Pollicino? Scappare? Continuare per la sua strada? Ma qual era? Pensò, allora, che la cosa migliore fosse seguirlo. La casa del boscaiolo era poco distante e sulla porta c'era la moglie ad aspettarlo. Anche la donna accolse con molto affetto Pollicino: gli diede ancora da mangiare e poi lo portò a dormire in una bella cameretta, tutta sua. In quella casa Pollicino rimase un giorno e poi un altro e un altro ancora perché, non sapendo dove si trovava il suo paese, né lui sarebbe stato capace di ritornarci, né conosceva qualcuno che lo avrebbe potuto aiutare.

Intanto il boscaiolo e sua moglie lo trattano proprio bene, come se fosse loro figlio, e infatti lui, con il passare del tempo, incomincia a chiamarli "papà" e "mamma". Diventato grande, forte e intelligente, una sera, mentre è a tavola con i suoi nuovi genitori, dice: "Adesso che sono cresciuto, che ho studiato, che ho imparato un lavoro vorrei andare in cerca della mia casa, vorrei attraversare il bosco che non mi fa più paura per ritrovare i miei vecchi genitori". Il boscaiolo e la moglie si guardano, lo guardano e le lacrime scendono sul loro viso: hanno passato così tanti anni insieme a lui che lo considerano un figlio. Pur essendo molto addolorati, accettano la sua decisione perché sanno, fin da quando lo avevano accolto, che un giorno Pollicino avrebbe ripreso il suo cammino inseguendo i suoi desideri. Gli preparano una valigetta con i vestiti, un fagottino con buone cose da mangiare per il viaggio, lo benedicono, si abbracciano e lui se ne va per fare ritorno nella sua casa.»

Mi ero seduta appoggiando la schiena alla spalliera del letto e fissavo attentamente Giorgio che da qualche istante era rimasto in silenzio.

«Fine» mi disse, vedendo che non distoglievo lo sguardo da lui senza pronunciare mezza parola. «La favola di Pollicino è finita qui.»

Non mi convinceva; rimasi un po' pensierosa e

poi gli dissi: «E, secondo te, la sua mamma, che poi non sarebbe la sua vera mamma ma la moglie del boscaiolo, lo lascia andare via?».

«Certo: le sarà dispiaciuto moltissimo, perché quando si vuol bene a una persona è triste vederla partire. Ma se le si vuole davvero bene, si devono accettare i suoi desideri. Perciò la mamma non solo lascia andare via Pollicino, ma lo aiuta anche a realizzare il suo desiderio.»

«Sei sicuro?»

«Sicurissimo.»

«Sei sicuro... ma solo perché il boscaiolo, che capisce davvero Pollicino, riesce a convincere sua moglie che è giusto così: se fosse per lei, non credo che lo lascerebbe partire.»

Quella storia mi tornò in mente ogni volta che, malinconica, mi rifugiavo in me stessa e nei miei ricordi. Rivedevo tutta la strada che avevo percorso, portata per mano da un destino che non avrei mai immaginato né voluto; pensavo a quanti sassolini inutili avevo lasciato lungo il mio cammino... e adesso i miei nuovi genitori sarebbero stati i due sassolini più importanti per segnare in modo definitivo il sentiero della mia vita. Da quella sera incominciò a diventarmi più semplice pensare a Giorgio e a Margherita come se fossero un papà e una mamma, non perché stavo dimenticando i miei veri genitori, ma perché quelli nuovi mi aiutavano a crescere, a capire me stessa e il mondo, proprio come dovrebbero fare tutti i genitori con i loro figli.

X

Crescevo senza amici. I miei compagni di scuola mi coinvolgevano negli studi e nei giochi, ma c'era sempre una patina di diffidenza che mi separava da loro. Non so chi l'avesse distesa su di me, né come si fosse formata, però esisteva, era palpabile. E così, anche se mi sentivo come gli altri bambini, ero diversa: nessuno, a cominciare dai miei insegnanti, si sarebbe mai sognato di sostenere che non ero uguale a loro, che non avevo gli stessi diritti. Eppure quella patina sottile mi separava dal loro mondo, dal mondo dei bianchi.

Il programma scolastico di geografia era arrivato all'India. Ci eravamo divisi come sempre in gruppi di lavoro e io speravo di essere, almeno in questa occasione, la più desiderata: non fu così, nessun compagno pretese la mia presenza. Ero mortificata, e la maestra, essendosene accorta, mi prese in disparte e con un tono di voce autorevole, come se stesse facendo lezione, mi disse che io ero come tutti gli altri bambini della classe e, proprio per questo, non mi avevano assegnato un posto particolare nei gruppi di lavoro.

Tanto più la maestra insisteva su quest'idea che io

ero uguale agli altri, tanto meno le credevo. Io vedevo come mi guardava la gente; capivo la sua curiosità: anch'io ero diffidente quando, in India, incontravo i bianchi; qualche volta li trovavo perfino ridicoli.

Perché non potevo essere come gli altri, pur essendo diversa? Non volevo venire discriminata, e tuttavia desideravo essere accettata per quello che ero veramente, cioè una bambina con un'altra pelle, di un'altra razza. Adesso, poi, che stavo studiando l'India, ne andavo orgogliosa: non sapevo che fosse una civiltà così grande, ricca di arte e di poesia, e tanto differente da quella occidentale. E anch'io mi sentivo così, come l'India: diversa; e volevo essere apprezzata e amata proprio per questo.

«Oggi ho spiegato ai miei compagni cos'è il sari» dissi ai miei genitori durante la cena.

«State continuando la ricerca sull'India?» mi chiese Giorgio.

«La maestra ha portato in classe due grandi fotografie che abbiamo appeso alle pareti dell'aula. In una c'è una donna con il sari che osserva il tramonto del sole. Alle mie compagne piaceva molto quel vestito, ma non capivano il modo in cui si deve indossare. Io ho detto che ne avevo uno, anche se in basso era tagliato a strisce, e ho mostrato a loro come lo si porta.»

«E come hai fatto?» mi chiese Margherita.

«Mi sono spogliata...»

«Ti sei spogliata?!»

«Sì, solo il vestito; è stato difficile però formare

una stoffa lunga e stretta... Abbiamo messo insieme i grembiuli... Tutti mi guardavano...»

«Ci credo bene; poi ti sarai subito rivestita, spero!» mi chiese Margherita allarmata.

«No. Sono stata fino al termine delle lezioni con il sari... cioè con i grembiuli legati come un sari.»

«Possibile che la maestra non ti abbia detto niente? Domani...»

«Le ha lasciate giocare...» intervenne Giorgio. «E l'altra fotografia cosa rappresentava?» mi chiese.

«Il Gange e tantissima gente sulla sua riva. Io lo so: entra nell'acqua per purificarsi. Ho spiegato ai miei compagni che il fiume è sacro, e ho anche raccontato che una volta ho visto una città piena di pellegrini che arrivavano da tutta l'India per fare una festa religiosa e poi bagnarsi nel fiume» risposi un po' eccitata.

«Tanta povera gente» disse Margherita scuotendo la testa. «Non hanno da mangiare, vivono di elemosina e dormono per strada.»

«Ma non dire queste cose! Sono luoghi comuni» le rispose Giorgio.

«La miseria non è un luogo comune» osservò Margherita.

«E poi cos'avete studiato del Gange? La catena dell'Himalaia da dove nasce?» tornò a domandarmi Giorgio.

Mi ero immalinconita e non avevo più voglia di parlare. Andai a dormire aspettando, come al solito, che Giorgio arrivasse per raccontarmi una storia. Quella sera, però, non avevo proprio voglia di ascoltarlo: avrei preferito spegnere la luce, sperando di fare un bel sogno. Giorgio arrivò con un libro e, mostrandomi la copertina, mi chiese se indovinavo di cosa parlasse.

Sollevai la testa dal cuscino e, siccome continuavo a non vedere bene, mi misi seduta sul letto. «Non lo so» gli dissi dopo avere preso il libro.

«Prova a sfogliarlo.»

Su ogni pagina c'era una grande figura, su quella accanto, invece, delle frasi scritte in colonna, come fossero poesie.

«Guarda bene» provò a insistere Giorgio. «Strano che tu non riconosca queste immagini.»

«Sì, può darsi che le abbia già viste, ma non mi ricordo» risposi senza mostrare nessuna curiosità e mi rimisi sdraiata, con le coperte tirate fin sotto il naso.

«Sai cos'è questo libro? È il *Mahābhārata*: qui è scritta la tua religione. Non dirmi che te ne sei dimenticata!»

«Sì... non so.» Rimasi in silenzio. Giorgio sembrava più imbarazzato di me.

«Non preoccuparti» mi disse, «mi sono sbagliato: anche qui, tra noi, sono in molti a non conoscere la religione. Si può essere buoni e giusti anche senza pregare Dio.»

«Ma a me hanno insegnato a pregare... i monaci nel monastero proprio sopra il mio paese. Era bello quando nei giorni di festa scendevano fino alla piazza piena di bandierine colorate. Cantavano, suonavano le trombe e i tamburi, danzavano, e anch'io danzavo con loro... Buddhismo... si dice così, credo.»

Giorgio mi ascoltava, aveva chiuso il libro e, tenendolo sulle ginocchia, ci aveva appoggiato sopra le mani, come per nasconderlo.

«Dovrei venire a scuola con te, sono un vero ignorante» mi disse sorridendo; «credevo ci fosse solo quella religione in India e che il buddhismo invece...»

«Un giorno il Français mi disse che Dio ha tanti nomi, ma lui è come il latte delle mucche: le mucche possono avere colori diversi, ma il latte rimane sempre bianco.»

Giorgio si stava alzando dalla sedia per uscire dalla stanza. «E la favola, questa sera?» gli chiesi.

Si guardò in giro come se cercasse da qualche parte una risposta: «In questo momento... non mi viene in mente niente».

«Leggi quel libro.»

«Vuoi?»

«Racconta dell'India...»

La storia era troppo complicata e non riuscivo a seguirla. Mi piaceva la voce di Giorgio, lenta e profonda, era quasi una cantilena che mi infondeva un senso di pace. Non avevo mai avuto tanta protezione: ero cresciuta come gli altri bambini del paese tra le montagne, i prati e gli animali; eravamo come fiori, foglie che vivono assecondando la volontà delle stagioni, senza pretese, senza desideri: forse per questo non avevamo bisogno di protezione. Adesso c'era sempre chi pensava per me, chi decideva per me, perché ero lontana dalle mie montagne, dai prati e dai fiori e crescevo sola, chiusa in una casa o in una scuola.

Quella storia di eroi e di principi, che Giorgio stava leggendo, era come se mi facesse sentire gli odori dell'India, ma, oltre a quella sensazione, non c'era niente di concreto. Non provavo nostalgia: era passato tanto tempo da quando ero stata portata via dalla mia casa che quasi non riuscivo a credere che una volta ero vissuta laggiù. Com'era stato facile perdersi! Era bastato un attimo, e la mia vita di sempre era svanita nel nulla.

Giorgio pensò che mi fossi addormentata e uscì dalla stanza. C'era Margherita ad attenderlo: «Ti avevo detto di non leggerle quel libro» gli disse sottovoce.

«Ma, pensavo... a scuola sta studiando l'India e credevo che potesse aiutarla a conoscere le sue tradizioni.»

«Sbagli, sbagli! Meno le ricordiamo l'India e più facilmente si adatterà a noi: non ci vuole tanto per capirlo.»

«Ho sbagliato... però è a scuola che ha incominciato a studiare...»

«Domani andrò a parlare alla maestra. Intanto noi non dobbiamo confonderla.»

Non riuscii più a sentire quello che Giorgio le rispose: lui, pensai, è così mite e arrendevole che avrà certamente finito per dare ragione a Margherita.

Seppe invece difendermi con decisione il giorno seguente, quando – come in quasi tutti i fine settimana di primavera – ci trasferivamo nella casetta che i miei genitori avevano a Feriolo, sul Lago Maggiore. Giorgio mi diceva sempre di invitare qualche mio compagno di scuola, ma nessuno – chi con una scusa, chi con un'altra – aveva mai accettato la proposta di venire con me. Così era Margherita a volermi accompagnare per i sentieri che tagliano i campi e arrivano fino ai boschi di castagni proprio sopra il lago. Ma era impacciata, inciampava, non sapeva camminare sulla terra sconnessa, tra i rami secchi e le pietre che ingombravano i viottoli: per questo la passeggiata si concludeva sempre molto presto. Desideravo essere libera, starmene da sola e pregai Giorgio di convincere Margherita che non correvo rischi, che conoscevo bene la montagna.

Fui accontentata. Finalmente potevo correre per i prati a perdifiato, come in un tempo ormai tanto lontano; salivo in cima alla collina dal versante più scosceso, come se mi arrampicassi per portare al pascolo le capre. Ma adesso non dovevo temere la potenza selvaggia delle mie montagne che intimorivano anche gli uomini più forti, non ero circondata dai torrenti e dalle valli allagate dalla luce del sole che, all'improvviso, si tingevano di ocra e di blu, e l'aria, caricandosi di energia, esplodeva, lampeggiando e tuonando.

Le colline, i boschi, i prati intorno al lago mi sembravano invece impauriti, come se fossero sopravvissuti per miracolo all'invasione delle strade d'asfalto e delle case, e ora si mostravano a me in tutta la loro pietosa dolcezza ma anche con una strana frenesia. Appena germogliate, le foglie avevano fretta di ingiallire, i fiori erano impazienti di appassire: non seguivano il ritmo delle stagioni, bensì quello dell'uomo che trasforma ogni cosa senza lasciare nulla come prima.

I colori delle mie montagne cambiavano lentamente; i tempi della natura erano lunghi e implacabili, ma, alla fine, tutto rimaneva identico all'anno precedente e noi ci sentivamo rassicurati, contemplando le stesse cose che ritornavano, e protetti da un Dio che muoveva il mondo senza bisogno di noi e pensando anche per noi.

Incoraggiata da quella conquista che mi aveva consentito di andare a passeggiare da sola, chiesi il permesso di ripulire un pezzetto di terra dietro il cancello d'ingresso della casa. Dopo avere strappato le erbacce e portato via le pietre, ora avevo bisogno di una zappa e di un badile per smuovere le zolle.

«A cosa diavolo ti servono?» mi domandò preoccupata Margherita.

«Per lavorare la terra.»

«Per lavorare la terra!» ripeté sorpresa.

«Sì, vorrei fare un orto.»

«Ah, un orto... Non credere sia facile. Intanto è faticoso: bisogna usare la zappa con molta forza, e tu sei troppo piccola; e poi bisogna saper scegliere le sementi giuste, conoscere i tempi della fioritura, non mi pare che tu sia in grado...»

«Ma io so come si fa, l'ho già fatto.»

«Anche questo sai!» disse Margherita quasi affranta, come se venisse informata di un avvenimento doloroso. «E quando avresti imparato?»

«Vivevo nei campi. Ero io a curare l'orto.» Risposi con semplicità, pensando di rassicurarla.

Margherita si era invece rattristata e gli occhi le erano diventati lucidi. Abbassò la testa e, senza dirmi niente, andò nel magazzino per prendere la zappa e il badile.

Avevo capito che sarebbe stato meglio rimanere in silenzio, non parlare dell'orto accanto alla mia vecchia casa. Dovevo dirle che non sapevo come si faceva, così non l'avrei immalinconita... dovevo far finta di non avere un passato e forse anch'io, fingendo di non avere un passato da ricordare, sarei stata più serena.

«Allora hai già deciso cosa pianterai?» mi chiese Giorgio divertito, vedendomi sporca di terra.

«Ancora no.» Invece sapevo esattamente cos'avrei seminato.

Quando fiorirono i primi germogli di cipolla, Giorgio e Margherita mi festeggiarono come se avessi creato il mondo.

«Sarà la prima volta, immagino, che ti sono cresciute piantine di cipolla così belle» mi chiese Margherita.

«Sì, è la prima volta» le risposi, convinta che anche per me era meglio cercare di dimenticare.

Imparavo a rimanere silenziosa sul mio passato per lasciarlo lentamente sfumare. Quando si è piccoli, il futuro è un sentimento immediato, istintivo: si guarda avanti senza accorgersene e mai riflettendo sul tempo trascorso; ma quando la vita che ci si è lasciati alle spalle è stata così intensa e assurda non è facile dimenticare e, forse, neppure è giusto. Mi adattavo gradualmente alla mia nuova storia; avevo quello che mai avrei sognato di possedere, e Giorgio e Margherita mi adoravano. Stavo bene, sì, ma non ero felice, e se qualcuno mi avesse chiesto cosa ancora desiderassi per trovare un po' di felicità, non avrei saputo rispondere. Il pensiero sarebbe certamente ritornato ai miei veri genitori, alla mia casa, alla mia terra, ma poi... non era stata proprio la mia mamma a vendermi? Non era proprio lei che avrebbe dovuto difendermi? Margherita non mi avrebbe mai venduta: era ricca, ma, anche se fosse stata povera, non mi avrebbe abbandonata. Cos'era accaduto? Avrei voluto rinascere, non essere mai stata indiana. E invece ricordavo, ricordavo: bastavano una sensazione, un odore, un'immagine, ed ecco riaffiorare con prepotenza, come in un lampo, il mio passato.

Una mattina, l'autobus che mi portava a scuola rimase bloccato dal traffico. Guardando dal finestrino mi accorsi che le vetrine di un negozio erano tappezzate da grandi cartelli rossi e blu, e fari molto forti illuminavano alcuni manichini che indossavano eleganti tute aderenti, sottili, luccicanti.

«Ti piacerebbe imparare a ballare?» mi chiese Margherita vedendomi incantata ad ammirare quei vestiti.

«Ci sono scuole per imparare a ballare?» domandai senza distogliere gli occhi dalle vetrine del negozio.

«Naturale! È molto difficile: bisogna studiare, dedicarci del tempo...»

«E ci si deve mettere quei vestiti?»

«Quelli... altri. Allora, ti piacerebbe imparare?»

«È la cosa che farei più volentieri.» Non ebbi nessuna esitazione nella voce e mi girai a guardarla.

«Adesso non esagerare: dovresti prima provare, per dire che ti piace. Se non hai mai ballato, come puoi saperlo? Ne parliamo stasera con tuo padre... Mi hai sentito, Malina? Fai almeno un cenno: ho solo detto che ci faremo consigliare da tuo padre, non che non voglio mandarti!»

Ero pronta a sollevare le braccia e ripiegarle sui fianchi, a inarcare il corpo e battere i piedi per terra, mostrandole cos'ero capace di fare. Margherita a quel punto sarebbe sbiancata e mi sarebbe svenuta tra le braccia. Ne sarebbe valsa la pena? No di certo; eppure, perché non avrei dovuto mettermi a danzare di fronte a lei? Perché, mi dicevo, sono sull'autobus e non sarei riuscita a fare niente di buono. Ma appena scesa? È assurdo, ribattevo: così, per strada! Eppure, non era per strada che avevo sempre danzato?

Avrei potuto dirle la verità... parlare, semplicemente parlare. Con una certa soddisfazione mi accorsi che stavo crescendo e che avevo imparato qualcosa. Margherita non desiderava conoscere il mio passato, e io non glielo avrei raccontato. Meglio fingere e rimanere in silenzio: non ero ancora capace di difendermi e mi pareva di venire colpevolizzata per ciò che ero stata.

«Mi chiamo Malini, non Malina» dissi alzando un po' la voce.

«E questo, adesso, cosa c'entra? Non stiamo parlando della scuola di danza?»

«Vuol dire che il mio nome è Malini.»

«C'è poca differenza: Malina è più italiano, è più facile chiamarti così.»

Quella sera decisero di mandarmi a scuola di danza.

«Sono balli molto diversi quelli che si fanno qui» mi disse Giorgio.

Forse lui conosceva un po' meglio la mia storia, forse le suore di Benares gli avevano raccontato come avevo vissuto: ma perché non spiegava a Margherita chi ero? Perché lasciava che lei immaginasse un mondo che non era il mio? Giorgio era buono, ma così non mi aiutava.

«Malina studierà danza classica! A quale differenza ti riferisci?» replicò Margherita.

«Forse avrebbe preferito imparare i balli indiani.» Il tono di voce di Giorgio tradiva il suo imbarazzo.

«Da noi nessuno insegna balli indiani, e poi Malina ha un corpo perfetto per la danza classica» gli rispose Margherita.

Ancora una volta mi era venuta la tentazione di farle vedere come sapevo danzare. Di spazio ne avevo; se poi ci fossero stati il Français, Juliette e Robert, sarei stata fantastica! E se all'improvviso, con loro, sbucassero dal corridoio anche la mia vera mamma, il mio vero papà e rimanessimo qui, tutti insieme?

«Perché sorridi? E adesso piangi? Io non la capisco, Giorgio, questa bambina! Spiegale tu che, se vuole imparare a ballare, noi siamo felici.»

Non immaginavo che la danza classica fosse così diversa da quella che conoscevo. Gli esercizi da eseguire senza la musica erano molto complicati e ripetitivi: mi facevano sentire il corpo trattenuto, come imbrigliato da invisibili lacci. E anche quando cominciammo a muovere i primi passi seguendo la musica, rimasi delusa: non c'era spontaneità, ogni gesto era perfettamente calcolato, quasi dovesse rispettare geometrie prestabilite, molto eleganti ma anche del tutto innaturali. Neppure immaginavo che potesse esserci una musica così lieve che pareva svanire nell'aria portandosi via anche noi.

Non ero brava: capivo che la maestra apprezzava il modo in cui riuscivo a muovere le braccia, le mani e la parte superiore del corpo, ma non quella inferiore e le gambe. Capivo le ragioni dei miei limiti: tutti noi, in India, danzando battiamo con energia i piedi, sollevandoci sulle gambe e lasciandoci ricadere con tutto il nostro peso, come per affermare la nostra presenza in un mondo molto più potente di noi, in grado di travolgerci. Vogliamo che la terra si accorga di noi e cerchiamo un accordo entrando nel suo ritmo vitale.

La danza che stavo imparando esprimeva invece un desiderio di libertà, quasi un'ansia di sollevarsi leggeri da terra, rimanendo sospesi il più a lungo possibile. La mia maglietta bianca e il gonnellino sembravano una nuvola, e le calzature legate alla caviglia erano inadatte a rimanere appoggiate al pavimento, come se cercassero sempre di slanciarsi verso l'alto. Quel modo di vestire così diafano ed etereo era affascinante, ma il mio sari era vivo con i suoi colori intensi e le mie scarpette rosse erano un grido di gioia mentre seguivano il ritmo di una musica impetuosa.

Mi applicavo per non deludere Giorgio e Margherita, ma non facevo progressi e non mi divertivo. Era come se un istinto mi frenasse, impedendomi di raggiungere quella leggerezza del corpo necessaria per danzare. Rimanevo un'indiana.

Dopo qualche tempo, la maestra spiegò a Margherita che non avevo nessuna attitudine, che vivevo la musica e il movimento del corpo in modo troppo diverso rispetto alle altre bambine. Ma Margherita non voleva sentir ragioni: discuteva con la maestra, le rinfacciava di non saper insegnare, le diceva che io ero esattamente uguale a tutte le altre allieve del corso e che, se non imparavo, la responsabilità era soltanto sua.

«Vuoi continuare ad andare a scuola di danza?» mi chiese Giorgio una sera dopo avermi dato un bacio prima di dormire.

«Non sono capace...»

«Sei capace; non sei ancora brava: tutto qui.»

«Non è vero: la danza che io saprei fare non è questa.»

«Lo so: tu, nel tuo paese, eri molto brava. Ma qui ci sono altre regole... ogni popolo ha le sue tradizioni... è naturale. In una scuola di danza indiana tu saresti la migliore. Purtroppo da noi non ce ne sono... le ho cercate. Non sforzarti di essere quella che non sei.»

«Darò un dispiacere a Margherita, ritirandomi dalla scuola.»

«Le spiegherò io, capirà.» Giorgio era in grado, soltanto con quel suo tono di voce, di rasserenare la persona più inquieta.

Quando andavo a passeggiare per la campagna vicino a Feriolo ed ero sicura di non essere vista da nessuno, mi fermavo qualche minuto e ripetevo i passi di danza e i movimenti delle braccia che avevo imparato tanto tempo prima, in India: lo facevo così, solo per divertirmi.

XI

Ammiravo Francesca perché era l'unica tra noi che veniva a scuola con il viso truccato. Studiava poco e gli insegnanti non l'apprezzavano, ma lei non se ne preoccupava affatto. Spesso arrivava senza aver preparato i compiti, rispondeva in modo approssimativo alle interrogazioni e, se veniva rimproverata, sorrideva e guardava altrove con aria di sfida. Era molto bella, e io credo che, sentendosi così diversa da tutti noi, pensasse che fosse giusto avere un comportamento differente dal nostro.

L'ammiravo e avrei voluto essere come lei. In fondo anch'io ero diversa, avrei potuto impormi, far valere la mia storia, distinguermi... e invece mi comportavo nel modo opposto: cercavo di non farmi notare e di evitare ogni situazione che potesse mettermi in luce; preferivo confondermi tra gli altri. Non riuscivo a essere orgogliosa perché, osservando Francesca, incominciavo a credere che fosse molto importante nella vita essere bella. Non mi preoccupavo di avere la pelle scura, di appartenere a un'altra razza, dimenticavo perfino di essere stata adottata: volevo essere bella e non capivo come mi giudicavano gli altri. Giorgio e Margherita mi lusingavano, dicevano di non aver mai visto capelli sottili e lucidi come i miei, e anche i miei occhi, a sentir loro, erano intensi e molto espressivi. Ma non mi fidavo del loro giudizio; mi ricordavo di Jalauddin: lui pensava davvero che fossi bella, ma sicuramente non se ne intendeva e, poi... era passato così tanto tempo.

Mi piaceva Francesca perché era esattamente l'opposto di me con quei suoi capelli biondi, che le ricadevano sulle spalle con larghi riccioli, e gli occhi blu, taglienti come una lama. Camminava con eleganza e con una particolare disinvoltura, quasi maschile: un curioso atteggiamento che le conferiva molta fierezza. Non portava i libri nello zainetto, come tutti noi, cosa che ci rendeva goffi e sgraziati: lei li legava con una cinghia che rimaneva molto lunga così da poterla passare sopra la spalla, rimanendo libera e sciolta nei movimenti, sembrando così ancora più grande e matura di noi.

Uscita da scuola, faceva il mio stesso tratto di strada, mai però insieme a me. A un certo punto svoltava sulla destra del grande viale alberato, sparendo dalla mia vista, e io cominciavo allora a fantasticare su come avrebbe trascorso il resto della giornata. Una mattina, appena entrata in classe, chiesi a Francesca se potevamo tornare a casa insieme, spiegandole che abitavamo nella stessa parte della città. Non fece obiezioni né mostrò alcuna particolare curiosità per la mia proposta, e così, appena terminata l'ultima ora di lezione – quando scattò in piedi come sempre per prima, con i libri già pronti e legati con la cinghia –, la raggiunsi sulla porta dell'aula.

«Non mi aspetti?» le chiesi.

«Perché?» mi domandò, guardandomi come se mi avesse vista per la prima volta. «Ah, sì, è vero! Muoviti però.»

Si era completamente dimenticata di quello che ci eravamo dette cinque ore prima. Mi infilai in fretta il cappotto e, essendo già andata avanti, la raggiunsi di corsa sulle scale.

«Mi ricordavo, sai, che volevi tornare a casa con me, ma credevo che non pensassi proprio a oggi» mi disse senza troppi convenevoli. Evidentemente si era accorta che ero rimasta male per la sua risposta. Comunque, a modo suo, si era scusata, e io, adesso, ero fiera di lasciare la scuola insieme a Francesca, la più grande e la più bella di noi.

«Ho un pomeriggio pienissimo: non posso perdere un minuto» mi disse, scendendo rapidamente le scale, pur conservando sempre una innata eleganza e mostrandosi infastidita dai ragazzi che si affrettavano sguaiatamente, saltando gli scalini a due a due.

Sul portone c'era Margherita che, come se gli anni non passassero e io non crescessi, si ostinava a venirmi a prendere a scuola di sovente. Dovevo dirle che non sarei tornata a casa con lei: mi vergognavo, però, di farmi notare dalla mia compagna. Per fortuna, proprio in quel momento, un ragazzo bloccò Francesca, spingendola contro una parete, appoggiandole le mani sui fianchi.

Spiegai a Margherita le mie intenzioni, convincendola facilmente: credo che lei soffrisse più di me nel sapermi senza veri amici, e infatti, tutte le volte che mi vedeva insieme a qualche ragazza, sperava che diventasse la mia amica del cuore.

«È uno scocciatore. Appena può mi si appiccica per farmi dichiarazioni d'amore» mi disse Francesca con un tono di sufficienza. «Come fai a sapere dove abito?»

Ci eravamo incamminate lungo il marciapiede su cui a intervalli regolari spuntavano dall'asfalto, come per miracolo, gli alberi.

«Vuoi?» mi chiese senza darmi il tempo di risponderle. «È una cicca... Ma vieni qui, dove cammini?!»

Ogni volta che incrociavamo un albero, io andavo da una parte e lei dall'altra. Infilò il suo braccio sotto il mio per tenermi vicino.

Quel gesto così disinvolto, quel suo modo libero e sensuale di camminare che ora, stringendomi a sé, mi trasmetteva, mi facevano capire per la prima volta come cresceva una ragazza occidentale. «Ti vedo sempre voltare a destra, lì avanti, dopo il terzo semaforo» le dissi. «Io invece proseguo: abito poco lontano. Se vuoi possiamo studiare insieme, anche questo pomeriggio: dài, fermati a mangiare da me, così non perdiamo tempo. Mio padre mi ha regalato proprio ieri un bellissimo libro sui miti: è molto utile per approfondire le lezioni di epica che sta facendo la prof.»

Camminando guardavo affascinata il profilo di Francesca e cercavo di masticare la cicca muovendo la bocca come lei. Mandai giù tutta la saliva che ormai mi stava quasi soffocando: «È molto commovente, sai, quando Teti piange per suo figlio Achille perché conosce il suo destino e sa che dovrà morire; e lei, pur essendo una dea, non potrà impedirgli di combattere e di farsi uccidere... te lo presto, se vuoi!».

«Ma no, lascia stare, a me bastano i libri che ci fanno leggere in classe. Mi annoia studiare: vedi che non vado bene...»

«Ti posso aiutare: in due è più facile.»

«Non ho tempo. Appena a casa mangio in fretta e poi mi faccio portare in campagna dove tengo il mio cavallo... e via al galoppo. Oggi, poi, ci sarà anche una gara: è da tempo che mi preparo. Sono bravissima a cavalcare, nessuno potrebbe darmi brutti voti, lì.»

«Allora, tu giri a destra, io continuo dritto» le dissi mentre aspettavamo il verde del semaforo.

«Ciao, ci vediamo.»

«Ritorneremo a casa insieme anche domani?»

«Sì, può darsi.» Mi salutò abbracciandomi e baciandomi su entrambe le guance, come vedevo fare ai grandi.

Il giorno seguente eravamo ancora sulla stessa strada di casa, insieme, e questa volta camminavo lasciando di proposito che gli alberi del marciapiede ci dividessero. Mi chiedevo se mi avrebbe di nuovo presa sotto braccio: lo desideravo e aspettavo. Come sempre, tra due persone quella che più ama è anche destinata a soffrire di più e a subire l'iniziativa dell'altra: era una lezione semplice e severa che, ormai, la mia anima di quattordicenne aveva ben imparato.

Questa volta Francesca non mi sfiorò neppure un istante.

«Ti ho vista leggere tutta la mattina» le dissi, «non stavi attenta alla prof, però divoravi il tuo libro: ti piacciono, allora, non è vero che ti annoiano!»

«Quel libro mi piace! È un libro sui cavalli. Ti fa sapere tutto: le razze, gli allevamenti, gli incroci; descrive come addestrare i puledri, come incominciare a montarli, come prepararli alle gare. E poi dovresti vedere che fotografie! Ha solo il difetto che parla poco della razza del mio cavallo: irlandese. A te piacciono i cavalli?»

«Sì, molto, ma non ne ho mai avuti» le risposi.

«Sono molto costosi, è evidente che non ne hai» mi disse con un tono di voce antipatico.

«In India avrei potuto averli facilmente: noi viviamo con gli animali molto più di voi» osservai, sforzandomi di mostrarmi orgogliosa.

«Eh già, è vero, sei indiana... che animali avevi?»

«Capre, cani, una scimmia...»

«Capreee? Una scimmia... che schifo!»

Cosa ne sapeva lei delle mie capre e di Juliette! «La mia scimmietta era molto simpatica e capace di fare tantissime cose» le risposi sostenuta.

«Mai come il mio cavallo» mi disse ridendo.

Non c'è niente di meglio che imparare a conoscere bene una persona per cancellare le fantasie che ci si fa su di lei. Così, quanto più frequentavo Francesca, tanto più mi pareva che fosse molto diversa da come me l'ero immaginata, e che la sua vita così brillante e libera scorreva invece malinconica e piena di solitudine.

Un giorno mi invitò a casa sua; avremmo pranzato e poi fatto i compiti insieme: l'indomani c'era il compito in classe d'inglese e non voleva fare brutta figura. «Posso non sapere niente di storia, ma se non conosco l'inglese sono proprio fuori, out» mi disse come per giustificarsi.

Ero felice e imbarazzata: per la prima volta una mia compagna mi chiedeva di studiare con lei, ma soprattutto era Francesca a invitarmi. Pensai che la cosa più importante fosse il vestito da mettermi per l'occasione. Chiesi a Margherita di aiutarmi a sceglierne uno carino, non da bambina; ma non c'è niente di peggio che improvvisarsi a essere ciò che non si è: i miei abiti mi parevano tutti così anonimi e senza fantasia che per un momento pensai di trovare una scusa per restarmene a casa ed evitare una brutta figura.

Non avevo mai immaginato che si potesse abitare in un appartamento tanto bello; non avevo mai visto stanze con gli stucchi sul soffitto, con le tende ricamate; c'erano tappeti sui pavimenti di marmo rosa, quadri alle pareti, e sui mobili vasi pieni di fiori.

«Non mangi con i tuoi genitori?» le chiesi mentre eravamo a tavola, soltanto noi due, servite da una cameriera.

«Mangiare insieme? È già difficile vederli: di tanto in tanto compaiono. Mio padre è il presidente di una società industriale... multinazionale: sì, si dice così. È sempre in giro per il mondo, e anche mia madre: non va molto lontano, ma qui a casa non le va di restare. Non c'è quasi mai, e anch'io mi adeguo. Sai che è la quinta città che cambiamo? Ormai ci ho fatto l'abitudine: sembra che sia proibito fermarsi.»

«Girare il mondo può essere bello, però non ti dispiace rimanere sola?»

«Ho il mio cavallo!» esclamò davvero convinta. «E poi i miei fanno in modo che abbia tutto quel che voglio, non mi rimproverano, se ne fregano anche della scuola. Meglio così, è come se non ci fossero, ma ho i loro soldi. Anche tu non hai i genitori... sei un po' come me.»

«No, li ho, sono stata adottata.» Le risposi senza nessun imbarazzo e con una naturalezza che mi sorprese.

«Ma non sono quelli veri.»

«È come se lo fossero: mi vogliono molto bene e anche a me non fanno mancare niente. Non ho tutto quello che hai tu, però...»

«Siete poveri?»

«No, non mi pare...»

«Però in India eri poverissima, no?»

Rimasi in silenzio. Le parole di Francesca ancora una volta mi ferivano, ma non credo ne fosse consapevole: diceva quello che le passava per la mente senza preoccuparsi minimamente dei miei sentimenti e delle mie reazioni. Era superficiale e, insieme, autentica.

«La povertà non la intendiamo come voi...» le risposi pensando di impegnarla in un ragionamento serio. Ma lei troncò subito il discorso con quella immediatezza e quel modo frivolo di affrontare le questioni che un po' mi irritavano e molto mi affascinavano.

«Per me, essere poveri è tristissimo e vuol dire una cosa sola: non avere tutto quello che ho. Se ti mostro i miei vestiti, svieni. Su, andiamo!» disse.

Mi fece alzare da tavola senza finire di mangiare e mi portò nella sua camera. Aveva un armadio soltanto per lei tre volte più grande di quello che c'era in casa nostra.

«Ammira» mi disse con orgoglio, aprendo le sei ante del guardaroba. «Se c'è qualcosa che ti piace, te lo regalo.»

Mi obbligò a scegliere un suo abito, e siccome non cedevo alle sue insistenze, alla fine fu lei a mettermi tra le mani una camicetta e un paio di pantaloni.

La ringraziai: ero anche contenta di quel regalo, ma sotto sotto mi sentivo umiliata e volevo trovare un modo per riscattarmi.

«Tra tutti i tuoi vestiti, però» le dissi cercando di imitare il suo tono malizioso, «non hai quello che per me è il più bello di tutti.»

«Impossibile! Quale?» Francesca mi rispose senza sentirsi minimamente provocata.

«Il sari.»

«Il sariii... hai ragione, è magnifico, l'ho visto in televisione. Devo subito comprarlo! Sai dove lo vendono?»

«A Milano da nessuna parte. Ma, se vuoi, te lo faccio cucire da mia madre.»

Non avrei mai pensato che Francesca potesse desiderare qualcosa che avevo io e che a lei mancava. Ma quel sari, che Margherita si mise subito a tagliare e imbastire, felice di poter accontentare me e una mia amica, non riuscii mai a regalarlo a Francesca.

Ci sono figli della solitudine anche in mezzo alla più grande ricchezza, figli abbandonati anche se hanno un padre e una madre veri che danno loro tutto quello che chiedono con una generosità ipocrita, indispensabile per mascherare il proprio egoismo, la propria vanità, il proprio disinteresse. Forse per questo mi ero affezionata a Francesca e accettavo quel suo atteggiamento un po' sprezzante e un po' altezzoso che la faceva detestare dai miei compagni di scuola. Lei era come me, all'opposto di me: solitudini e abbandoni diversi, provocati dalla miseria più disumana oppure dall'egoismo più spietato, che lasciano una ferita così profonda che mai più sarà rimarginata, anche se un giorno la fortuna farà incontrare l'amore.

Francesca mancava da scuola ormai da una settimana. All'inizio pensavo che si fosse ammalata, poi, con il passare dei giorni e non vedendola ritornare, chiesi ai compagni se avevano sue notizie: nessuno sapeva niente. Fu la professoressa a dirmi che suo padre si era trasferito e lei si stava preparando a raggiungerlo: avrebbe potuto frequentare benissimo ancora le lezioni, ma aveva subito approfittato anche di quell'occasione per non studiare. Proprio quella stessa mattina, durante l'intervallo, la bidella mi portò una busta. C'era un foglio di quaderno a quadretti piegato in due. "Ciao, Malini, me ne vado, tanto per cambiare. Non posso venire a scuola perché ho molto da fare. Sto mettendo nel baule i vestiti e poi andrò in campagna a preparare il mio cavallo: naturalmente lo porto con me a Ginevra, se no non sarei partita. Devo fare tutto da sola; se non ci sono io la cameriera non sa dove sistemare le cose e lo stalliere non è capace di muovere un dito. Volevo dirti che ti voglio bene e che sei la mia migliore amica, anche perché non ne ho nessuna. Non dimenticarti del mio sari, quello che mi avevi promesso. Anche se passerà tanto tempo, un giorno tornerò da te: tu mi regalerai il sari e io un cavallo. Vedrai come sarà bello: galopperemo per sempre insieme, noi due, da sole."

Non volevo più farmi tagliare i capelli: desideravo tenerli lunghi come quelli di Francesca. Margherita mi osservò qualche istante prima di parlare, come faceva sempre quando supponeva che dietro a una mia frase si nascondesse un'altra intenzione. La convinsi facilmente, mentre fu molto difficile avere il consenso di portare le calze di nylon. Pretesi di portare il reggiseno, anche se non ne avevo bisogno, e con i miei soldi avevo incominciato a comprare al supermercato qualche crema per tenere pulita la pelle del viso. C'era un grande specchio nella stanza da letto dei miei genitori. Quando rimanevo sola, mi piaceva guardarmi, indugiare osservando con attenzione come mi stavano gli orecchini, aggiustarmi i capelli, toccarmi i fianchi, sistemarmi il vestito. Mi sembrava di essere ben proporzionata e, se non avevo ancora la statura di Francesca, pensavo che presto l'avrei raggiunta. Volevo rinascere almeno nel corpo, crescere simile a Francesca, così elegante e bella. Il corpo non ha ricordi e non deve fare i conti con il passato: poteva svilupparsi liberamente seguendo i miei sogni, e io lo aspettavo, giorno dopo giorno, per vedere se esaudiva i miei desideri.

Con Margherita avevo raggiunto un compromesso: se qualche volta voleva accompagnarmi a scuola, poteva farlo solo di mattina, così ne avrei approfittato per ripassare con lei la lezione. Al ritorno, allungavo ogni tanto la strada, soprattutto nelle giornate in cui le nuvole coprivano il cielo appoggiandosi sui tetti delle case e la consueta nebbiosa opacità era sostituita da una luce nitida e trasparente, come se fosse stata purificata dal vento. In quel chiarore che non abbaglia come i raggi del sole, mi sembrava di scorgere particolari che non avevo mai osservato prima, dettagli che mi erano sfuggiti pur percorrendo infinite volte la stessa strada di scuola. E quelle nuove percezioni, se mi aiutavano a scoprire alcune cose belle, mi condannavano anche ai ricordi. L'abitudine annebbia la memoria, mentre le sensazioni e le emozioni insolite provocano associazioni improvvise: e così, imparando a osservare la vita che si svolgeva davanti ai miei occhi, finivo per guardare con più attenzione quella che si svolgeva dentro di me. Come attirata da una calamita più forte della mia resistenza, tornavo indietro nel tempo, pensavo alla mia terra, ai miei genitori. Non riuscivo a liberarmi da questo perenne, inesausto conflitto con i ricordi: ricordavo, quasi fossi un'altra persona che per magia si era divisa in due parti, di cui una scivolava via sempre più lontana. La memoria faticava a tenere unite queste due persone, e io non sapevo più dove stare: era come se rimanessi sull'orlo di un sogno senza nessun'altra possibilità che quella di decidere cosa sognare.

Mi ero guadagnata una piccola autonomia che con il trascorrere del tempo aumentava sempre di più. Giorgio si adattava al mio cambiamento aiutandomi ad avere rispetto di me stessa. Ogni tanto, di sera, parlavamo dei romanzi che stavo leggendo. Mi suggeriva le storie di giovani donne, *Jane Eyre, Piccole donne, Orgoglio e pregiudizio*: mi affascinava il racconto di un mondo femminile così diverso dal mio, che tuttavia non invidiavo, che mi pareva troppo superficiale nell'affrontare le disgrazie e le gioie. Io volevo crescere presto, ma non sapevo come, non avevo un modello da seguire: mi affidavo al mio corpo, al modo in cui si modificava rapidamente, quasi giorno dopo giorno, indipendentemente dalla mia volontà. Lo vedevo svilupparsi e scoprivo, quando ero serena e libera dall'ossessione dei ricordi, che stava crescendo anche in me un vago, indescrivibile orgoglio di essere quella che ero. Certo, non sempre avevo questa forza nell'anima: era piuttosto rara, e tuttavia, quando affiorava da qualche angolo remoto della mia vita, portava con sé la consapevolezza della mia identità, senza rancori, senza dolore.

Credo che Margherita provasse, invece, una sottile, inconfessata sofferenza nel vedermi crescere. Io, essendo nata altrove, le avevo portato via una bella parte della mia infanzia, e quella che aveva potuto vivere con me era stata troppo breve per lei. Così continuava a trattarmi come se fossi una bambina, quasi potesse trattenere gli anni che se ne andavano.

Una sera, sentii Giorgio e Margherita discutere: temevo litigassero. Non era mai accaduto prima. I miei compagni di scuola mi raccontavano che i loro genitori spesso si rimbeccavano, si aggredivano per i motivi più futili, e mi dicevano, anche, quanto soffrissero nell'assistere a quelle scenate. Adesso, pensavo, tocca a me: così ero indecisa se avvicinarmi alla loro stanza per ascoltare meglio o andare a chiudermi nella mia. Nel dubbio rimanevo immobile, e le voci mi giungevano sempre più distinte.

«In questo modo rischi di rendere la sua diversità più umiliante per colpa della tua insicurezza» diceva Giorgio.

«No, non ci riesco, non ne sono capace. Credevo che fosse diverso» osservò Margherita.

«È difficile, lo so bene; ma finora hai fatto del tuo meglio.»

«La sterilità è stata una punizione tremenda e mi aggrappo a Malina... non dovrei, non dovrei... mi aggrappo a lei come per riparare alla mia incapacità procreativa» diceva Margherita.

«Ma non è questo... sei solo un po' stanca... Malina cresce, ci pone sempre nuovi problemi...»

«No, no: pago il conto del mio fallimento, della mia sterilità. L'adozione priva una donna dell'esperienza della gestazione: un'esperienza che l'uomo non ha, mentre in una donna è essenziale per sentire il figlio proprio come suo.»

«Questo è il tuo passato e te lo sei lasciata alle spalle, Margherita. Adesso, e insieme, possiamo fare una cosa bellissima: aiutare una vita che è stata abbandonata, mettendoci a sua disposizione per farla crescere, per darle la possibilità di esistere come persona.» Giorgio le parlava con molta fermezza e ora aveva alzato un po' la voce.

«Sì, hai ragione. Ma per te è più facile; l'uomo sente che i figli non gli appartengono, lo sente istintivamente; assiste alla gestazione, assiste al parto, ma il bambino è sempre separato da lui: lo riceve dalla madre, da sua moglie... Per me è diverso, profondamente diverso...»

Margherita piangeva; i singhiozzi le confondevano la voce. E Giorgio la consolava con parole così belle che io non avevo mai sentito dire dal mio vero padre a mia madre.

«Ci sono famiglie rovinate» continuò Giorgio, «distrutte dal proprio egoismo che fanno pagare ai figli come se niente fosse, pensando che quei poveretti possano avere infinite risorse per trovare attenzione e amore da qualche altra parte. Genitori che si disinteressano dell'educazione dei sentimenti dei propri figli, incapaci di ascoltarli, e che poi assistono attoniti alla loro deriva, perché credono che tutto si possa sempre risolvere con i soldi... Proviamo a lasciare a Malina qualche buon ricordo di noi, della sua vita insieme a noi. Guarda, ne sono sicuro, questa è la migliore educazione: quando si riesce a portare con sé qualche bel ricordo della propria adolescenza, si è in pace con se stessi, per sempre.»

XII

La scuola era diventata tutto il mio mondo: un po' piccolo rispetto agli spazi a cui ero abituata da bambina in India, tuttavia era un mondo imprevedibile. Nel mio paese i giorni scorrevano tutti uguali, senza sorprese, senza novità. Nessuno si preoccupava di quello che avrebbe fatto il giorno seguente, perché era già stabilito. Variavano le stagioni, e noi cambiavamo proprio come gli alberi e i fiori. Io ero stata soltanto un caso, perché il destino aveva voluto scherzare con me fino a perdere il controllo del gioco.

Ora cominciavo davvero a capire cosa significasse scegliere, decidere quale strada percorrere da grande: mi preparavo al futuro, un sentimento che fino a quel momento mi era stato estraneo. E avevo anche imparato a sperare: era bello e inquietante, molto diverso dal sognare. I sogni svaniscono con la luce e si dimenticano presto; la speranza rimaneva dentro di me con una forza che mi orientava e che mi incoraggiava a impegnarmi per realizzare i miei desideri. Mi sarebbe piaciuto diventare un medico: non capivo se quella professione mi interessava davvero o volevo intraprenderla semplicemente perché era quella di Giorgio. In fondo, la letteratura e la storia rimanevano le materie che più mi coinvolgevano: comunque, proprio come tutti i giovani della mia età, avevo preso la fatidica decisione iscrivendomi al liceo scientifico perché era la scuola più affine a quella eventuale scelta universitaria.

Avevo iniziato il nuovo corso di studi piena di entusiasmo, ma ben presto mi accorsi che la mia insegnante di un tempo, quella delle medie, piena di attenzioni per noi, capace di coinvolgerci con la sua passione per l'impegno sociale, era molto più brava dei professori del liceo; ma soprattutto tra noi studenti non c'era armonia: non che mi sentissi vittima di qualche particolare forma di emarginazione, avvertivo soltanto che tra noi ragazzi c'era più individualismo, come se crescendo si perdesse quella spontaneità che mette in rapporto gli uni con gli altri e apre all'amicizia.

La novità fu che tra i compagni di scuola c'era un ragazzo di colore. Istintivamente sarei andata a sedermi vicino a lui, ma ci rinunciai perché si era scelto un posto nell'ultimo banco e a me non piaceva stare in fondo all'aula, lontana dalla cattedra. Era di poche parole, come se non volesse fare amicizia con nessuno; i compagni non lo aiutavano a cambiare atteggiamento e, anzi, lo trattavano con indifferenza. Studiava ma non era bravo né s'impegnava per andare oltre la sufficienza; sembrava svogliato fin dal primo minuto in cui arrivava in classe ed era ancora svogliato quando per ultimo lasciava l'aula.

Anch'io, naturalmente, rispettavo la sua riservatezza, pensando che, proprio perché il colore della mia pelle non è bianca, prima o poi avrebbe messo da parte la sua diffidenza almeno nei miei confronti. Lo osservavo senza farmi notare. Mi incuriosiva. Era molto ordinato: appena si sedeva, disponeva con cura sul banco i libri, poi allineava orizzontalmente una biro, una matita e due pennarelli. Legava lo zainetto alla gamba posteriore del tavolo in modo che non scivolasse sul pavimento. Alla fine dell'ora riponeva i libri, sostituendoli con quelli necessari per la lezione successiva. Sul banco rimaneva sempre il diario, che aveva sulla copertina (ero riuscita a sbirciarla) la fotografia di un mare assolato nella conca di una spiaggia di palme. E poi era sempre elegantissimo con la sua giacca a volte azzurra, a volte grigia, portata su una camicia bianca che esaltava il colore molto scuro della sua pelle. Mi piacevano le sue scarpe di camoscio con una suola di cuoio forte e spessa, che si distinguevano da quelle da ginnastica che generalmente portavano gli altri compagni.

Un giorno, durante l'intervallo, mi accorsi che non aveva la sua solita merendina e, siccome non mi sembrava che stesse male, pensai che se la fosse dimenticata o, forse, non avesse fatto in tempo a comprarla.

«Vuoi un biscotto?» gli chiesi, fingendo di essere lì, vicino a lui, per caso. Lo prese e incominciò a mangiarlo, sussurrando nello stesso tempo un: «Grazie».

«Perché ti chiami Carlo?» gli domandai.

«È il mio nome» rispose senza guardarmi.

«Credevo che tu fossi stato adottato... anch'io sono stata adottata...»

Alzò gli occhi fissandomi in silenzio; scosse un attimo la testa e fece uno strano gesto con le labbra, stringendole e portandole in avanti. «Cosa vuoi sapere da me?» mi chiese, abbassando di nuovo lo sguardo.

«Niente, niente... Vuoi un altro biscotto?»

Ne sfilò due dal pacchetto e poi prese a parlare con la bocca ancora piena. «Sì, sono stato adottato. Ho vissuto a Mogadiscio fino a otto o nove anni... non lo so... Tu sei indiana, vero?»

«Come hai fatto a capirlo?»

«Si capisce. Il tuo nome è Malina?»

«Sì... no; veramente mi chiamo Malini, ma i miei genitori hanno cambiato la *i* finale, perché la *a* rende il nome più italiano, dicono.»

«Ti è andata anche bene» mi rispose facendo nuovamente quel movimento con le labbra.

«Cioè?»

«Guarda me! Mi hanno chiamato Carlo!»

«Non è il tuo nome, allora. Lo immaginavo.»

«I miei genitori adottivi, per ripulirmi del mio passato, mi hanno portato via anche l'ultimo pezzetto che mi legava all'Africa.»

«Cioè?»

«Cioè, cioè... Il nome, no? A Mogadiscio ero Kaled, appena arrivato qui sono diventato Carlo. In realtà sono sempre lo stesso, anche se vogliono chiamarmi Carlo e farmi vestire in questo modo ridicolo, perché così dovrei sembrare più occidentale.»

«Sei elegante! Le tue scarpe le ho notate subito, sono bellissime.»

«Ridicolo, ridicolo... Se fosse per loro avrei dovuto mettere anche la cravatta... sai, poi, cosa sarei sembrato...»

Il giorno dopo, durante l'intervallo, era ancora senza merendina. Mi avvicinai, prese un po' dei miei biscotti e mi chiese se ero capace di spiegargli il problema di matematica. Il suo quaderno era ordinato, pulito, senza uno sgorbio o una cancellatura; la calligrafia era piccola e regolare. Gli mostrai dov'era l'errore: scosse la testa, portò avanti le labbra, ma non fece nessuna correzione. Staccò perfettamente la pagina e ricopiò tutto l'esercizio inserendo il mio suggerimento.

Per una settimana si ripeté la stessa storia: lui non aveva la merendina, io gli portavo i biscotti; lui mi chiedeva qualcosa delle lezioni che non aveva capito e io glielo spiegavo. Una mattina, però, non avevo con me niente da mangiare perché la sera prima mi ero sentita male di stomaco. Durante l'intervallo rimasi al mio banco, curiosa di vedere se questa volta Kaled avrebbe preso l'iniziativa venendo lui da me. Con la coda dell'occhio lo osservavo seduto al suo posto mentre sfogliava con indifferenza un libro. Andai in cortile a respirare un po' d'aria fresca, e nelle rimanenti ore di lezione non ci fu l'occasione di rivolgerci neppure mezza parola.

Il giorno seguente, appena entrata in classe, fui sorpresa nel vedere sul mio banco un pacchetto avvolto in una bella carta a fiori, fermata con un nastro rosso. In quel momento entrò l'insegnante, e senza farmi notare lo scartai. Mi voltai di scatto verso Carlo: mi sorrise e fece un cenno con la mano, come di saluto. Nel pacchetto c'erano biscotti di tante qualità.

Carlo si legò sempre di più a me: parlava volentieri, senza reticenze, era spiritoso e ironico anche di fronte alla sua difficoltà nel risolvere i problemi di matematica. Appena, però, si avvicinava qualche compagno, ritornava silenzioso, cambiava quasi espressione. Ero diventata uno scudo dietro il quale si proteggeva dalla vita di scuola. Io stavo al gioco, ma non ero sicura di aiutarlo. Durante una pausa delle lezioni, mi prese in disparte con l'aria del cospiratore: «Senti» mi disse, «hai qualcosa in contrario se almeno tu mi chiami con il mio vero nome, Kaled?».

Credo che quella richiesta fosse la prova della totale fiducia che riponeva in me, forse anche un modo per esprimermi il suo affetto.

Un pomeriggio, tutti i ragazzi della scuola si radunarono in cortile per assistere alla finale del torneo di pallavolo. Kaled andò a sedersi nel posto più appartato e lontano rispetto al campo di gioco. L'avevo seguito per stare insieme a lui, ma, accorgendomi che gli piaceva la partita, tifando con entusiasmo per la nostra classe, gli dissi che potevamo spostarci più al centro, mettendoci in mezzo agli altri per assistere da vicino al gioco. «Tu non hai ancora capito che loro ci sopportano, ci tollerano appena...» mi disse, quasi sussurrandomi all'orecchio.

«Ma non dire cavolate!» lo interruppi subito.

«Per te sarà diverso, perché sei una donna. Non sei mai stata maltrattata?»

«No.»

«Neppure ti hanno mai riso dietro?»

«Non me ne sono mai accorta.»

Kaled rimase in silenzio; mi prese una mano e la osservò qualche istante: «Forse la differenza sta proprio qui» disse accennando alle nostre mani. Le sue erano ruvide, la pelle pareva solcata da profonde ferite cicatrizzate, e poi erano strane: irregolari, asimmetriche, come se fossero state rotte in più punti e aggiustate alla meglio. Per quanto l'avessi osservato, quel particolare delle mani mi era sfuggito.

«Sto abbastanza bene» gli dissi, fingendo di non dar peso alle sue parole e allontanando lentamente la sua mano dal mio sguardo. «Nessuno mi ha mai offesa o umiliata, e i miei nuovi genitori farebbero qualunque cosa per rendermi felice.»

«E lo sei?»

«Sì.» Esitai un poco. «Sto bene, ti ripeto.»

«Anche i miei genitori sono buoni, attenti. No, di loro non mi lamento, anzi, se non ci fossero loro... È la gente che non mi accetta...»

«La gente, la gente» gli dissi con tono canzonatorio, provando a sdrammatizzare le sue parole.

«I miei compagni. Fin dai primi giorni di scuola i compagni non hanno perso l'occasione per umiliarmi. Parlavo male l'italiano e mi facevano il verso come se fossi uno schiavetto negro; non sapevo rispondere al maestro e mi prendevano in giro come per dirmi che anche un somaro era meglio di me. Ma lo sai che alle medie il professore, dopo avermi dato un brutto voto e vedendo che non facevo progressi, mi aveva detto che uno come me doveva rimanere a vivere sugli alberi con le scimmie?»

«Gli avrai risposto per le rime, spero!»

«No, ho pianto, ero disperato. L'ho detto a mio padre che il giorno dopo si è precipitato a scuola infuriato, ha denunciato l'insegnante, e la preside l'ha dovuto licenziare. È stato grande, mio padre. Dovevi vederlo: ho capito che almeno lui mi voleva molto bene.»

«Tua madre no?»

«Sì, anche lei; ma lei mi sembra sempre scontenta di me. Vuole che diventi ingegnere. Figurati, io ingegnere! Però lo desidera anche mio padre, allora mi sono detto che dovevo assolutamente accontentarli. Per questo sono al liceo scientifico... Ma vedi che non ce la faccio. Ho parlato ai miei di te...»

«Di me?»

«Sì, che mi aiuti... Mi hanno anche chiesto se hai voglia di venire a casa nostra per studiare insieme.»

«Verrei volentieri; devo chiedere il permesso a Margherita.»

«E chi è Margherita?»

«Mia madre adottiva.»

«E non la chiami "mamma"?»

«No... quasi mai.»

«L'avevo capito che sei una tosta!»

Margherita fu irremovibile; neppure ascoltò le ragioni di Giorgio che cercava di farla recedere dalle sue decisioni. «Malina non può segregarsi» spiegava a Giorgio che in un'occasione apparentemente favorevole aveva provato ancora una volta a convincerla. «Vuole studiare con Carlo? Non stiano da soli, vengano da noi insieme a qualche loro compagno. È sbagliatissimo che si isolino: devono aprirsi agli altri, non chiudersi; soffriranno se finiranno per appartarsi in quel modo stupido!»

Di fronte a una posizione così indiscutibile avevo stabilito di trovarmi in classe con Kaled almeno mezz'ora prima delle lezioni per correggergli i compiti e ripassare rapidamente insieme gli argomenti più importanti. Poi, quando uscivamo di scuola, mi accompagnava quasi fino a casa parlandomi di sé, mai dei temi affrontati in classe, come se lui avesse trascorso quel tempo altrove. Mi raccontava della sua vita in Somalia: «Io sono qui» mi diceva, «però con il mio cuore ancora vagabondo per le strade di Mogadiscio. Ero libero e non avevo paura di niente, nessuno mi controllava o si prendeva cura di me, anche se avevo un padre, una madre e quattro fratelli più grandi». Aveva cominciato a gesticolare e il tono di voce si era fatto stranamente allegro. « Vivevamo in una baracca al termine della strada che costeggia l'oceano, dove finisce anche la città: poi c'è il deserto. Ma quella era stata l'ultima casa – si fa per dire – in cui avevo dormito: restavamo poco tempo nello stesso posto perché arrivava la polizia e ci mandava via, e allora mettevamo i nostri stracci su un carretto e andavamo in cerca di un'altra strada. Speravo sempre che mio padre ci sistemasse vicino al mare: mi piaceva il vento salato che mi inumidiva la pelle, l'odore delle alghe che imputridivano con il calore e quella nebbiolina che saliva al tramonto, nascondendo la sporcizia del giorno. Mi addormentavo beato con il rumore delle onde: non è che non avessi sonno, arrivavo alla sera stremato dalla fatica. Ho lavorato molto, non credere; non che al lavoro ci andassi volentieri, anzi: facevo mattoni e dovevo stare tutto il giorno con le mani nell'acqua per impastare la terra, per questo le ho così brutte... I soldi che portavo a casa a mio padre non bastavano mai, e allora giù a prendermi a cinghiate. Mi picchiava lui e mi picchiava il padrone della fabbrica, e un bel giorno mi sono proprio stufato e non sono più tornato a casa. Che vita ho fatto per un po' di tempo! Finalmente stavo bene, solo. Chiedevo l'elemosina, rubavo, mi tuffavo nell'oceano, prendevo il sole fin che ne avevo voglia. Poi un giorno la polizia ci ha beccati: con altri amici avevamo fregato i turisti in un ristorante, ma ci è andata male. I poliziotti ci hanno imbrigliato con una grossa rete e caricati come pesci su una camionetta, sbattendoci in galera. Da quel momento è iniziata la fine. Quando sono uscito di prigione, una guardia mi ha accompagnato a casa per consegnarmi a mio padre. Ma lui non c'era, non c'era neanche la casa, non c'era più niente. Allora mi hanno messo in un istituto correzionale; le pratiche dell'adozione... anche tu avrai passato questa storia».

Non lo interrompevo, non gli interessavano i miei commenti: desiderava parlarmi di sé, appena trovava l'occasione voleva raccontarmi il suo passato. Aveva bisogno che lo ascoltassi, come se riuscisse a comunicare in una lingua che solo io ero in grado di comprendere. Voleva essere rassicurato, e allora gli dicevo che adesso aveva una nuova famiglia che l'avrebbe aiutato a studiare e a costruirsi una nuova vita. Senza nessuna sincerità, ricorrevo a tutti gli argomenti che gli altri, i bianchi, usano quando vogliono convincerci che noi abbiamo a disposizione le loro stesse opportunità, senza comprendere quali siano le radici della nostra differenza, che non è superabile con un semplice atto di volontà. Kaled era orgoglioso ma sfiduciato, e di fronte alle sconfitte aveva pochissime risorse per riprendersi. Io ero diventata il punto di equilibrio dei suoi frequenti momenti di crisi: un ruolo che mi piaceva sempre meno, che non riuscivo più a cambiare. Margherita aveva visto bene: la nostra amicizia era esclusiva e, anche se involontariamente, tendeva a respingere gli altri compagni.

«Domani i miei genitori torneranno a casa tardi, potresti venire a studiare da me» mi aveva chiesto Kaled.

Gli ricordai che Margherita non mi aveva dato il permesso e che io non avevo intenzione di disubbidirle. A quelle parole si arrabbiò moltissimo, mi offese, poi piombò nel silenzio più assoluto mentre mi accompagnava a casa.

«Dirò una bugia.» La frase mi sfuggì come se non fossi stata io a pronunciarla. Non solo non avevo mai mentito ma, riflettendoci, mi pareva che non ne sarei stata neppure capace.

«Vuoi dire che verrai da me?»

Non gli risposi. «Inventeremo una storia» mi suggerì, «diremo che domani pomeriggio ci saranno a scuola le lezioni di sostegno di matematica. Può essere vero, no?»

Emozionatissima, raccontai la bugia, probabilmente in modo convincente perché Margherita non sospettò nulla.

La casa di Kaled era più bella della mia. Le stanze erano grandi e piene di luce; lungo una parete c'era una libreria e nell'angolo il pianoforte. Appoggiai le dita sui tasti: «Suonami qualcosa!».

«Non sono capace. Con queste mani non avrebbe imparato neppure un genio! Ci hanno messo grande impegno per insegnarmi, inutilmente... Un'altra delusione per i miei genitori: vorrebbero che fossi bravo in tutto. Poveretti! Si sarebbero meritati un figlio vero, un figlio loro!»

«È come se lo fossi: sei stato adottato» gli risposi con convinzione.

«Ma nooo! Lo sai benissimo. Non mettertici anche tu, adesso!»

«Comunque questa casa è molto bella. Ci stai bene, vero?» Gli dissi la prima cosa che mi era venuta in mente per cambiare discorso.

«Ah, certo, qui dentro non mi manca niente. È appena metto il naso fuori che mi sento male. Al di là di quella porta sono un negretto: qualcuno finge che sia come gli altri, mentre i più sinceri mi considerano quello che sono e mi compatiscono.»

«Siamo semplicemente nati in un'altra parte del mondo. Possiamo anche esserne orgogliosi.»

«Macché orgogliosi! Ci hanno raccolto dalla strada: questa è la verità! Non c'entra niente che io sia somalo e tu indiana. Siamo due poveracci; e, almeno per quello che mi riguarda, dovevano lasciarmi dove mi avevano trovato: sulla strada insieme ai miei amici.»

Non reagivo alle sue parole e non cercavo di confortarlo: lo ascoltavo come sempre con attenzione perché sapevo che solo quell'atteggiamento lo calmava e lo rassicurava. «Ieri» proseguì «c'erano qui due befane, due amiche di mia madre, e le ho sentite parlare, appena sono rimaste un momento da sole.

Dicevano che puzzo, che potrei rimanere dentro la vasca da bagno un giorno e continuerei a puzzare. E hanno ragione: è la puzza della mia storia che mi porto dietro... E poi, non so tu... ma io non mi lavavo mai. Un tuffo nell'oceano e fine. Che bello era nuotare contro le onde e poi starsene al sole fino a bruciare, e dormire al fresco delle palme... Adesso, però, ti mostro dove sto veramente bene.»

Appena fuori della cucina c'era una scaletta di legno molto ripida. «Attenta a non sbattere la testa» mi disse mentre salivamo. «Ecco, ci siamo: questa è la mia mansarda. Qui dormo, studio... ci passo la giornata.»

«Sarebbe una mansarda? Non ne ho mai viste. Mi ricorda la mia vecchia casa in India: il soffitto sostenuto da grosse travi e anche lì la finestra lunga e stretta; il pavimento di legno che scricchiola a ogni minimo passo...»

Ma di quella cameretta mi aveva stupito l'ordine. Anche se piena di cose, tutte avevano il loro posto, come se Kaled avesse voluto quella precisa disposizione per ritrovare un proprio equilibrio interiore. Sulla parete era appesa una chitarra. «Quella la sai suonare?» gli chiesi.

«Figurati! Non sai gli sforzi che hanno fatto per farmi imparare. Però io la so usare... in un altro modo.»

La staccò con delicatezza dal chiodo e, mettendosi a sedere, l'appoggiò sulle ginocchia con le corde girate verso il basso. «Volevo un tamburello ma non me l'hanno comprato. Avrei dato l'impressione di essere ancora un selvaggio» mi disse sorridendo. «Ma rimedio così.»

E incominciò a battere le mani sul dorso della chitarra, usandola come un tamburo. Raggiunto un bel ritmo, si mise a cantare.

Con Margherita finsi che le lezioni di sostegno di matematica continuassero per tutta la settimana. Ogni giorno, terminata la scuola, andavo a casa di Kaled; salivo nella mansarda senza che i suoi genitori se ne accorgessero, e il nostro mondo si chiudeva in quel piccolo spazio, in cui non esisteva il futuro, e il presente era fatto dai ricordi del nostro passato. Ci raccontavamo un sacco di storie, molte vere, altre inventate: entrambi lo sapevamo, ma quello era un modo, il più innocente, per parlare dei nostri desideri senza il bisogno di sognare.

Margherita scoprì che non passavo il pomeriggio a scuola. Mai avrei immaginato di darle un dolore così grande! La mia bugia la gettò nel panico: «Mi hai ingannata, tradita» continuava a dirmi tra le lacrime, ma non mi aiutava a capire il significato di quella frase. Forse era la prima volta che, disubbidendole, la deludevo; forse era la prima volta che in me vedeva una persona diversa da quella che voleva che fossi, diversa dall'idea che aveva di me.

Costretta a scegliere, per non amareggiare ancor di più Margherita, le promisi tutto ciò che mi chiedeva, rendendo, così, infelice Kaled.

A scuola non mi rivolgeva più la parola, cercava di evitarmi, mi trattava con la stessa indifferenza che mostrava per gli altri compagni; se ne stava silenzioso nell'ultimo banco, distratto, assente. Il professore lo interrogava, e lui non si preoccupava neppure di rispondere; mi ero offerta di aiutarlo a ripassare le lezioni come qualche tempo prima, ma fece finta di non sentire. Io aspettavo, pensavo che prima o poi mi avrebbe capita e che in qualche modo avremmo ripreso le nostre chiacchierate e a stare insieme.

Una mattina il suo banco rimase vuoto. Non era mai stato assente Kaled, e il non vederlo seduto lì, in fondo all'aula, mi dispiaceva. Terminate le lezioni, si venne a sapere che era morto.

Il padre l'aveva trovato impiccato nella mansarda. Il rifugio che lo proteggeva dalla vita gli aveva dato il coraggio estremo per abbandonare la vita. Margherita cercò di impedirmi di andare a casa sua; la supplicai di accompagnarmi se non voleva che ci andassi sola, e riuscii a convincerla ricordandole che i genitori di Kaled avevano fatto la scelta dell'adozione proprio come lei.

«Ci ha lasciato un insegnamento, ci ha dato una lezione!» disse a Margherita il padre di Kaled prima di essere sopraffatto dal dolore. «Le ha scritte lui» aggiunse dopo qualche istante, mostrandoci due pagine di quaderno. «È una lettera d'addio indirizzata a noi e, forse, ma non si capisce, a un'altra persona.» Scuoteva la testa meccanicamente, soffocando il pianto e tenendo gli occhi fissi su quei fogli: «In questo mondo ci vorrebbero meno ipocrisie e più amore per la diversità, più disponibilità ad ascoltare i disagi degli altri che purtroppo non sempre si riescono a cogliere in tempo per tentare di risolverli». Continuava a scuotere la testa senza riuscire a dir più una parola.

Margherita cercò di confortarlo, ma anche lei era

turbata, molto più di quanto avrebbe immaginato prima di entrare in quella casa. «Le voglio leggere solo queste poche righe» le disse il padre di Kaled cercando gli occhiali. "Siete stati per me i genitori che avrei voluto avere dal primo giorno di nascita, sempre pronti ad aiutarmi e a proteggermi. In questa casa, qui nella mia mansarda, ho vissuto gli unici momenti di gioia; solo la mia famiglia e qualcun altro mi hanno dato amore; fuori l'inferno."

Ripose gli occhiali, guardò Margherita: «Lei mi capisce, lei ha provato la mia stessa esperienza e sa cosa significa adottare un bambino che arriva tra noi già adolescente; lei mi capisce: le frustrazioni, il senso del fallimento... Come possiamo cambiare la vita che c'è oltre questa porta di casa? Qui dentro c'è amore, comprensione, protezione, ma fuori? Fuori c'è l'inferno, sì, proprio così... Queste pagine di Kaled si dovrebbero imparare a memoria, sono un atto d'accusa verso un mondo dal quale si sentiva respinto, deriso. E perché? Per colpa di quella pelle».

Ascoltavo e pensavo che non era soltanto colpa del mondo e del colore della pelle. Quando si è diversi non si può negare la diversità, e Kaled soffriva anche perché suo padre pretendeva che fosse quello che non sarebbe mai potuto diventare. Perché lo costringeva a vestirsi in quel modo? Perché voleva che studiasse ciò che non era in grado di imparare, umiliandolo ancora di più? Perché non lo lasciava suonare il tamburello e cantare le canzoni della sua Africa? Perché non amarlo per quello che era: un ragazzo somalo, nel cui sangue scorreva ancora piena di passione la vita di un'altra terra.

XIII

Per prima cosa, la psicologa mi chiese se avessi mai tentato il suicidio. No; ci avevo pensato, astrattamente, così come tutti, credo. Invece non smettevo di tornare con la mente al modo in cui Kaled aveva trascorso gli ultimi minuti prima del suo gesto disperato. Immaginavo come la sua ossessione per l'ordine l'avesse guidato nei preparativi della corda, del gancio a cui fissarla, della sedia su cui salire, della lettera ai suoi genitori non abbandonata in un angolo qualsiasi della mansarda ma appoggiata allo scrittoio in verticale e fermata, perché non scivolasse, con la statuetta di un cavallino alato. «Vedi» mi diceva Kaled, «se ci fosse realmente un cavallo così, allora ci sarebbe davvero anche la libertà.»

E poi, cosa gli stava passando per la testa in quei momenti? Credo che la decisione del suicidio non dipenda dall'idea che la propria esistenza è priva di senso, che non ha prospettive e futuro, che non vale più la pena di soffrire... No, questi sono ragionamenti astratti. Negli istanti che precedono la decisione di uccidersi si pensa soltanto a quanto siano intollerabili i prossimi, immediati minuti di vita. Kaled non sapeva cosa fare di sé in quel momento, non sapeva come sopportare i suoi prossimi cinque minuti di vita. Se io fossi stata con lui in quei cinque minuti, Kaled sarebbe ancora vivo.

L'avevo abbandonato per ubbidire a Margherita. Qualche volta la consideravo responsabile di avermi costretta a fare ciò che non volevo, qualche volta pensavo di essere io la colpevole per aver subito ceduto alla sua volontà senza protestare, senza far valere le mie ragioni. Mi sentivo intrappolata dall'ubbidienza, da quel principio che mi era sempre stato chiesto di rispettare: dalla mia vera mamma, dallo zio Tobgye, dal Français, dalle suore dell'istituto e, ora, da Margherita. Cosa ci avevo guadagnato? Ero stata venduta e non avevo più ritrovato la mia famiglia, avevo dovuto lasciare la mia terra e, ora, avevo perduto per sempre il mio migliore amico. Se invece mi fossi ribellata? Forse non avrei ottenuto niente, forse Kaled sarebbe morto ugualmente e io avrei continuato a vivere all'ombra del mio destino.

Chi non mi aveva ancora costretta a ubbidire era Giorgio. Evitava di imporsi e di decidere per me, mi consigliava soltanto quando ero io a chiedere il suo parere; sentivo su di me la sua mano, ma non mi pesava, era come se mi guidasse a distanza. Credo fosse la sua professione, così vicina alla malattia e alla sofferenza di tante persone, ad aiutarlo a comprendere gli stati d'animo e la sensibilità degli altri, senza mai giudicare. E poi sapeva raccontare: riusciva a trasformare le parole in immagini, colorandole, facendole vivere. Gli piaceva fotografare, era la sua passione. Diceva che passando tutto il giorno a radiografare le ossa del corpo umano, gli veniva il desiderio di fermare in un'immagine l'anima delle persone: un sorriso, un pensiero, la luce della gioia. Era anche bravissimo a cogliere i particolari delle cose: avvicinava l'obiettivo a un petalo di fiore, a un insetto, e la sua foto svelava un universo di segni che nessuna immaginazione avrebbe mai potuto descrivere.

Non parlavamo di noi, e questa tacita decisione – non affrontata, non motivata – mi infondeva grande serenità. Discutevamo di tutto, ma lasciavamo da parte i nostri stati d'animo, i nostri problemi personali... era il mondo fuori di noi che ci attraeva e che senza tante introspezioni e analisi ci aiutava a capire un po' dell'universo che stava dentro di noi. Al contrario, quella di Margherita era una presenza sempre protettiva, attenta a cogliere le mie variazioni d'umore, pronta a interrogarsi sui miei desideri per cercare di soddisfarli. Un comportamento pieno di affetto ma ansioso, talvolta perfino ossessivo, che continuava a rendermi la sua immagine sempre identica, costante col passare degli anni, come se fosse rimasta sempre la stessa persona che avevo incontrato nei primi giorni del mio arrivo in Italia. Giorgio era invece cambiato con me, apparteneva non solo al mio presente ma anche al passato della mia vita, di lui conservavo ricordi lontani. L'amore avvolgente e trepidante di Margherita era, al contrario, senza la profondità del tempo.

La tragedia di Kaled irruppe nella mia famiglia con l'inesorabile fragore del silenzio. Nessuno di noi era preparato a riflettere sul quel suicidio. Io non ero disposta a parlarne con Margherita, che più volte aveva cercato di ragionare con me sui disagi del mio amico e sui motivi che l'avevano spinto a togliersi la vita. Non mi confidavo neppure con Giorgio perché non eravamo abituati a farlo e, forse, non ne eravamo neppure capaci: così compresi la fragilità del nostro modo di dialogare, che aveva un senso solo se la quotidianità non veniva compromessa da situazioni drammatiche o, semplicemente, dolorose.

Come se Kaled avesse voluto insegnare qualcosa anche a me, il suo gesto così estremo mi fece sentire più forte, più indipendente. Incominciavo, per la prima volta, a pensare a me stessa senza preoccuparmi di rispettare il volere di Margherita, senza temere di comportarmi in un modo che avrebbe potuto dispiacere a Giorgio. Stavo imparando a galoppare sul cavallino alato di Kaled.

Il mio compleanno arrivò nel bel mezzo di questo nuovo e faticoso orientamento del mio animo, e il significato della frase "compiere gli anni" si abbatté su di me con imprevedibile violenza.

Non sapevo – nessuno conosceva – il giorno della mia nascita (né quanti anni avessi veramente), e così Giorgio e Margherita ne scelsero uno da inserire nei documenti ufficiali: il 1° di agosto. Non era una data qualsiasi perché coincideva con l'anniversario di matrimonio dei miei nuovi genitori e con un mese dell'anno – così mi avevano detto – che, essendo generalmente di vacanza sia dalla scuola sia dal lavoro, ci consentiva di rimanere tutti insieme per festeggiare.

La mattina del mio diciassettesimo compleanno,

questa era la mia età all'anagrafe, mi trovavo sulla riva del mare. Giorgio aveva venduto la casa di Feriolo sul Lago Maggiore, che pure adorava, e ne aveva comprata una in Liguria, perché Margherita doveva curarsi e il dottore riteneva che la medicina migliore per lei era per il momento respirare molto iodio. Sulla spiaggia costruivo gocciolanti castelli di sabbia con le mie cuginette, due gemelle che, loro sì, avevano veramente cinque anni. Ero così affezionata alle piccole Sara e Silvia che mi sembrava di avere con loro l'unico, autentico rapporto di parentela. Le avevo viste nascere e crescere, e io, per Sara e Silvia, ero sempre stata la cugina maggiore che vedevano diversa perché ero grande, non perché avevo la pelle scura. Mi affascinavano la loro evidente somiglianza e quel rapporto intimo, così stretto, in cui era difficile inserirsi: mi affascinavano proprio perché quell'uguaglianza le portava a cercare una identità che le differenziasse. E, in questo, trovavo qualcosa che, paradossalmente, le avvicinava a me: l'eccesso di consanguineità – l'essere gemelle – metteva in ombra la loro individualità; nel mio caso, la totale assenza di consanguineità con la mia nuova famiglia mi costringeva a un faticoso lavoro di costruzione della mia identità.

Sara e Silvia sguazzavano nell'acqua che lambiva la riva, e poi di nuovo tornavano a giocare con me sul bordo della spiaggia dove le onde arrivano deboli e lente, bagnando la sabbia che diventa facile da amalgamare e da trasformare in fragili forme. All'ora dei biscotti e della marmellata, la mamma le aveva chiamate e io, dopo aver pulito le loro mani grassocce e impiastricciate, ero rimasta da sola con il mio finto compleanno, cercando di immaginare la mia vera nascita. Il mare cominciava a velarsi per colpa delle mie lacrime mentre pensavo alla mamma, a quella vera: speravo che fosse felice quando, appena nata, mi prese tra le braccia, anche se noi, lassù, in quel mondo nascosto tra le montagne, veniamo alla luce con la stessa semplicità con cui spunta dalla terra un filo d'erba, senza clamori né entusiasmi. Noi non festeggiavamo compleanni.

«Tuo padre riuscirà a raggiungerci soltanto questa sera; si è dovuto trattenere in ospedale perché c'è stato un caso urgente; però sarà qui in tempo per una cena da grande compleanno.» Non mi ero accorta che Margherita era arrivata alle mie spalle. «Perché quei lacrimoni nel giorno della tua festa?» mi disse con il tono di voce che si usa per calmare i bambini quando piangono.

«Lasciami stare!» esclamai. «Sarà la vostra festa, il vostro anniversario, celebratelo con una bella cenetta a lume di candela e lasciatemi in pace!»

Fui io la prima a sorprendermi di quella reazione. Mai mi ero tanto irritata: ma quel suo modo di continuare a trattarmi come se avessi dieci anni, come se fossi la sua vera figlia, come se non avessi i miei problemi d'identità, mi era sembrato intollerabile. Possibile che non capisse? Aveva senso quella recita?

Margherita era rimasta in piedi, impietrita, mentre io, seduta, degnandola appena di uno sguardo, continuavo a fissare il mare e a gettare nell'acqua i sassolini e i pezzetti di legno che trovavo lì vicino, tra la sabbia.

Con la voce tremante, che appena riuscivo a sentire tra il rumore del vento e delle onde, trovò la forza di parlarmi: «Non intendevo offenderti... mi dispiaceva vederti tanto triste proprio oggi, volevo solo farti sapere che tuo padre verrà questa sera e insieme...».

«Non è mio padre: è Giorgio e basta!» gridai con tutto il fiato che avevo in gola.

«Si può sapere che ti prende?» mi chiese Margherita sempre più ansiosa.

Già; cosa mi era successo? Compivo gli anni, ma non era quello il giorno della mia nascita; avevo un padre e una madre, ma non erano loro ad avermi messa al mondo; parlavo una lingua che non era la mia; ragionavo in un modo che non era quello della mia gente; rispettavo principi che faticavo a comprendere; ubbidivo a un'educazione che mi era estranea... Ubbidivo, avevo sempre ubbidito per un inconsapevole spirito di conservazione, per non fare la fine del povero Kaled. Covavo dentro di me il rancore per essere stata abbandonata, e adesso esplodeva con la stessa forza con cui l'avevo represso. Ora capivo che l'affetto, l'amore vero che provavo per la mia nuova famiglia, non aveva cancellato il dolore dell'abbandono: continuavo a sentirmi abbandonata, anche se i genitori che mi avevano adottata erano buoni o, perfino, migliori di quanto avrebbero potuto essere i miei genitori naturali.

Come potevo spiegare il mio stato d'animo a Margherita che mi adorava, che mi avrebbe fatto da serva pur di vedermi felice? Avrei desiderato confidarmi con lei per essere aiutata, ma ero sicura che non mi avrebbe compresa perché continuava a negare quel mio passato che non avevamo vissuto insieme. Così, tutta la mia rabbia esplose di nuovo con un'aggressività che non mi riconoscevo. «Tu non sei legata a me, ma a un'idea che hai di me e che ti ha consentito di non guardare in faccia la realtà!»

Margherita mi era venuta vicino per non perdere le mie parole; ma non si era seduta, si era solo abbassata appoggiando le ginocchia sulla sabbia. Era umile in quel modo di starmi accanto: i capelli scompigliati dal vento apparivano ancora più grigi di quando rimanevano raccolti sulla nuca, e il sole era impietoso con le sue rughe che l'improvviso dolore rendeva ancora più profonde.

«Ti sei mai chiesta perché mi hai adottata?» continuai tenendo sempre alto il tono di voce. «Hai davvero capito i motivi della tua decisione? No; allora te li dico io: è il tuo fallimento procreativo, la tua insopportabile sterilità. Io esisto per riempire il vuoto della tua vita senza figli, perché se tu fossi stata in grado di metterli al mondo non avresti mai pensato a me.»

Osservai con la coda dell'occhio Margherita. Si pulì le mani dalla sabbia e si strofinò ripetutamente ed energicamente le guance come se, liberandosi dalle lacrime, volesse anche chiedere alla sua testa di reagire.

«Quando ho avuto la certezza di non poter avere bambini» mi disse con voce ferma, senza più emozione, «mi sembrò che una parte di me fosse morta. Dolore, delusione, rabbia: provavo i sentimenti più diversi e contraddittori tutti insieme, da quelli aggressivi a quelli repressivi legati alla colpa e perfino alla vergogna. Perché è successo proprio a me? mi chiedevo. Mi sentivo diversa, inutile. Anche a Giorgio – lo chiamo così, se preferisci – il limite della nostra vita parve immenso; ma avevamo capito che insieme avremmo potuto superarlo se fossimo riusciti ad aprirci al cambiamento, alla ricerca di una nuova possibilità affettiva. Hai ragione: all'inizio c'era molto egoismo; sì: io, in particolare, vivevo la mancanza di figli come un lutto che volevo al più presto superare con un bambino da adottare. Non è stato facile ottenere l'adozione: per averne il consenso abbiamo conosciuto un altro genere di umiliazioni. Ma oggi, dopo tutte le sofferenze e le angosce, compresa quella che tu non ci avresti accettati, sono orgogliosa di averti dato una casa, di averti fatto studiare, di averti amata come forse avrei amato un figlio nato da me. E se tu oggi mi presenti un conto che non mi aspettavo, mi impegnerò con tutte le forze per pagare anche quello, perché – riconoscilo, Malina – noi siamo stati capaci di farti crescere in una famiglia dove hai potuto vedere i tuoi genitori adottivi volersi bene, ancora bene dopo tanti anni di matrimonio; almeno in questo sei fortunata: non hai assistito, come accade a molti ragazzi, al degenerare della vita dei genitori in una battaglia che fa a pezzi, innanzitutto, i sentimenti dei figli.»

Mi accorsi che stavano tornando da me, trotterellando, Sara e Silvia con la bocca e il naso ancora sporchi di marmellata. Mi alzai di scatto, corsi loro incontro, le sollevai infilandomele sotto le braccia, una da una parte e una dall'altra come se fossero due fagottini di stracci. Ridevano quasi da soffocarsi; ci rotolammo sulla sabbia e finimmo tutt'e tre nell'acqua. Le gemelline furono la mia occupazione della giornata di compleanno. Anch'io mi divertivo: quando avevo la loro età non sapevo neppure cosa significasse giocare; adesso riuscivo a distrarmi, lasciando che tutte le parole – tra me e Margherita – dette e ascoltate, venissero portate via dal vento e dalle onde.

«No, non sei tu: ce l'ha con me... a volte penso che mi detesti, come se volesse farmi pagare il fatto che non sono la sua mamma naturale, come se io fossi responsabile dell'adozione che l'ha portata via dalla sua terra.»

Per caso avevo ascoltato queste parole di Margherita che, con Giorgio, mi aspettava per la cena. Sulla credenza c'era una grande torta e la tavola era apparecchiata con una bella tovaglia ricamata. Quella giornata era ancora un'occasione: osservavo il dolce di cioccolato e i piatti e le posate che venivano adoperati solo per qualche festa. Mi pareva di stare su un'altalena. Mi chiedevo se mi meritavo il loro amore e se ero in grado di ricambiarlo. Forse sarei stata meglio da sola, libera nel mio paese, anche senza i miei veri genitori che non si erano mai troppo preoccupati di me.

«Auguri» mi disse Giorgio venendomi incontro e abbracciandomi. «Comunque, hai ragione» osservò appena seduti a tavola, «oggi è il nostro anniversario di matrimonio, non il tuo compleanno.»

Mi sentii gelare le mani; ebbi paura come se mi venisse strappato dal corpo qualcosa di mio e di cui solo io potevo liberarmi. Soltanto io mi sentivo autorizzata a dire che quello non era il giorno del mio compleanno: perché doveva essere Giorgio a mettermi di fronte alla verità? Finché ero io a stabilire che si trattava di una finzione, mi sembrava di essere sincera con me stessa ma anche di poter continuare a vivere quel giorno – qualora mi avesse fatto piacere – come se fosse davvero il mio compleanno. Con due parole Giorgio mi obbligava ad aprire gli occhi sulle mie contraddizioni e a decidere.

«Proprio oggi potevamo cercare di essere un po' felici» continuò, «ecco, vedi: ho dimenticato in camera il regalo per te; va bene così, per adesso; meglio non mentire a noi stessi. Hai ragione anche su un'altra cosa: è vero che abbiamo sofferto molto per la mancanza di figli. Però tu sei nostra figlia. Non abbiamo mai saputo il giorno, l'anno della tua nascita e, allora, li abbiamo stabiliti noi, come se Dio ci avesse offerto la possibilità – a noi, ma anche a te – di incominciare di nuovo, dall'inizio. Margherita non ti ha dato alla luce, ma ti abbiamo ugualmente attesa e, in un certo senso, abbiamo dovuto dimostrare di desiderarti con tutto il cuore e di essere degni di te. Di essere anche all'altezza della situazione di fronte agli psicologi del tribunale che hanno consentito l'adozione, perciò...»

«Sì, lo so, si deve passare per una trafila di domande molto lunga e complicata...» Quello della burocrazia mi sembrò, tra tutti, l'argomento più neutrale per inserirmi nella conversazione, cercando di sdrammatizzarla, soprattutto perché, non essendo abituata a sentire Giorgio parlare dei nostri problemi, ero a disagio e provavo uno strano senso di soggezione.

«Non è soltanto il tribunale» mi corresse, «ci sono esami clinici, colloqui... possiamo anche confessarti che la nostra richiesta fu respinta una prima volta...»

«Per colpa mia» intervenne Margherita, «per le mie resistenze inconsce; ho imparato a memoria cosa c'era scritto nella dichiarazione dello psicologo rilasciata al giudice: "il conflitto interiore non consente di realizzare a sufficienza il passaggio psicologico dal lutto alla scelta adottiva".»

«Lascia stare!» esclamò Giorgio.

«Fatemi capire: cosa vuol dire?» domandai, sperando adesso che non fosse lasciato cadere il discorso.

Giorgio mi sembrò indeciso: forse non si aspettava di dover approfondire con me quei problemi. «Vuol dire» mi rispose interrompendo alcuni attimi di silenzio «che la scelta adottiva giunge al termine di un lungo travaglio, come se anche tu fossi nata dal nostro amore, concepita proprio quando siamo riusciti ad aprire un nuovo scenario in cui le nostre energie sono state disinvestite dal piano biologico per essere messe al servizio di una nuova creatività.»

«Non potresti dirmi queste cose con parole più semplici?» domandai rasserenata dalla piega teorica che aveva preso la conversazione.

«Per adottare un figlio dovevamo dimostrare che non soffrivamo più per non aver avuto un figlio nato da noi... Tu non sostituisci nessuno... Tu sei nostra figlia e oggi è il tuo compleanno. Va bene così?»

Come sempre, la fermezza e la pacatezza di Giorgio mi ammutolivano. Non perché fosse necessariamente convincente: era il suo modo di affrontare le questioni che sembrava risolutivo. Solo la prima volta, a Benares, l'avevo visto esitante, emozionato. Mi veniva a prendere, veniva a prendere una bambina qualunque: non sapeva niente di me, non mi aveva mai vista, non aveva potuto scegliermi perché questa era la regola dell'istituto. Anche i genitori che mettono al mondo un figlio non sanno che bambino nascerà... Volevo avere la stima di Giorgio ogni giorno di più. Mi impegnavo a scuola, desideravo diventare un medico come lui. Ma dentro di me qualcosa di tanto in tanto si spezzava. Pensavo a Kaled, pensavo a com'ero stata venduta, pensavo al Français che, solo lui, avrebbe potuto riportarmi a casa, e alla mia adozione, alla mia diversità. Ogni volta c'era sempre un pezzetto della mia vita che andava in frantumi: io cercavo di incollarlo ma non era più come prima. Forse si riferiva proprio a questo la filastrocca che ci facevano recitare i monaci del monastero sopra il mio paese. "La vita è fragile come un vaso di terracotta, se una sua piccola parte viene rotta, non puoi aggiustarla e non ti serve alcuna lotta."

Nonostante il mio impegno, a scuola i risultati erano scadenti, mi distraevo con facilità e non riuscivo a trovare un buon rapporto con i professori. Con Margherita diventavo irascibile al minimo contrasto, talvolta cercavo perfino la lite anche se mi pentivo subito dopo l'ennesima scenata. Fu così che gli insegnanti, l'assistente scolastico e i miei genitori decisero di mandarmi da una psicologa. A quell'idea, che da tempo aleggiava nell'aria, mi ero sempre fermamente opposta, finché intervenne Giorgio a riassumermi il parere di quel concilio: «Non stai passando un buon periodo» mi disse, «di questo sei la prima a renderti conto; noi non riusciamo ad aiutarti: purtroppo è così, ne siamo consapevoli; e neppure i tuoi professori sono in grado di farti studiare come vorrebbero. Ci sono persone preparate ad affrontare problemi come i tuoi, che non sono complicati ma richiedono competenza per risolverli. Perché non dovresti ascoltarle per avere un consiglio?».

E infatti, perché non dovrei? Le parole di Giorgio, così chiare e come sempre in apparenza indiscutibili, non mi avevano dato nessun argomento per replicare. Mi bastarono però le prime sedute per trovare buoni motivi con cui criticare la loro decisione.

Il modo di vestire e l'aspetto fisico della psicologa subito mi infastidirono. Portava i capelli grigi lunghi, abbandonati quasi venti centimetri sotto le spalle; aveva il naso aquilino, gli occhi tondi e vicini come quelli di un topo, la voce stridula: immaginavo così le streghe delle fiabe che Giorgio mi raccontava quando ero piccola. Poi mi disgustava la sua gonna corta che metteva in evidenza due ginocchia grosse, brutte. E non sopportavo la presenza di due cagnolini che abbaiavano spesso girovagando per una stanza disordinata e, mi pareva, anche sporca. All'inizio e alla fine di ogni seduta mi domandava se avessi mai tentato il suicidio. «Ma quante volte le devo rispondere, e sempre nello stesso modo!» le dicevo. Avevo la sensazione che fosse distratta e che mi ascoltasse vagamente: mentre parlavo sussurrava «mmm» e «certo certo»; squillava il telefono, e lei di regola rispondeva anche nel bel mezzo della seduta. Quando ormai ero convinta che tra i cani e le telefonate non seguisse i miei discorsi, incominciai a raccontarle le cose più stravaganti alle quali lei replicava: «Mmm» e «certo certo».

Tempo e soldi sprecati, pensavo; non volevo però

affrontare una discussione con i miei genitori sull'utilità di quelle sedute, finché non feci due sogni. Nel primo la psicologa mi molestava mettendomi la mano sotto la gonna; nel secondo mi baciava ripetutamente parlandomi una lingua che non conoscevo. I sogni erano così nitidi che non riuscivo a dimenticarli: volevo confidarmi, ma con chi? Avevo subito escluso la psicologa; con Giorgio mi vergognavo, non restava che Margherita. Mi ascoltò perplessa: non trovava le parole né per commentare i miei sogni né per consigliarmi. Approfittai del suo imbarazzo per dirle che non volevo assolutamente più tornare dalla psicologa e che fosse lei a spiegare a Giorgio il mio stato d'animo. Margherita fu così felice di essermi complice in una situazione tanto delicata che non esitò un istante, riuscendo facilmente a convincere Giorgio.

Mi ero liberata della psicologa ma non della psicologia. Dopo una nuova consultazione con i miei insegnanti e con l'assistente scolastico, i miei genitori decisero che avrebbe fatto al caso mio una terapia di gruppo. «Lo psicologo è specializzato in discriminazioni adottive: non rispondermi subito "no": se anche questa sarà un'esperienza negativa, rinuncerai.» Ancora una volta, la semplicità disarmante di Giorgio non mi lasciò scampo.

Così cominciò la mia avventura con il gruppo di sostegno un pomeriggio di fine inverno in cui soffiava un vento gelido che mi penetrava nelle ossa. «Brutto inizio» pensavo, ma appena entrata nello studio mi bastò un'occhiata alle pareti per mettermi di buon umore. Mi sembrava di essere ritornata nella mia vecchia scuola elementare: appesi ai muri c'erano grandi cartelli, ognuno dei quali portava scritto in stampatello e con lettere colorate: "felice", "preoccupata", "indifferente". Ce n'erano almeno una ventina con altrettante parole che indicavano particolari stati d'animo. Quando la seduta ebbe inizio, formammo un cerchio (eravamo sette persone, tutte donne tra i sedici e i vent'anni), accucciate sul pavimento. Lo psicologo si mise al centro e incominciò a camminare e a parlare. «Chi di voi vuole formare una frase dicendo "mi sento...", indicando anche uno dei cartelli e provando a descrivere i propri sentimenti?» Dopo due ore e mezzo di seduta, risultò che quelle sei donne erano tutte immancabilmente "arrabbiate" e "frustrate" perché si sentivano incomprese o incapaci di comunicare con i propri genitori adottivi. Quanto a me, non potevo ancora esprimermi perché dovevo imparare "la dinamica espressiva di gruppo".

Nell'incontro successivo lo psicologo oscurò completamente la finestra, e in quella luce fioca ci chiese di chiudere gli occhi per cinque minuti e di concentrarci pensando esclusivamente a una parte del nostro corpo. Scaduto il tempo, ci disse di spostare l'attenzione sul "bambino interiore celato in noi". «Cosa!?» esclamai a voce alta rompendo quel magico silenzio. Dopo essere stata redarguita, ricevetti la spiegazione: «In ciascuno di noi continua a vivere il bambino abbandonato dalla propria madre biologica».

Annuii con aria inebetita. Non passarono dieci secondi che la mia vicina incominciò a piangere. Le altre la guardarono e si commossero. In breve la stanza fu tutto un singhiozzare e sospirare. Solo io rimanevo indifferente. Lo psicologo si avvicinò e con voce bassa, nasale, quasi sofferente mi disse: «Esci dalla finzione, trasferisciti nella tua interiorità e pensa a te stessa come alla bambina abbandonata di un tempo.»

«Non ci riesco» osservai mestamente.

«Per questo non soffri» mi rispose.

«È proprio quello che desidero!»

«No, tu non lo desideri. Tu vorresti piangere la perdita di tua madre: sappi che agli adottati non è mai consentito piangere la perdita della madre biologica, perché ufficialmente non è considerata una morte.»

«Ma io ho pianto moltissimo, ero disperata per essere stata venduta e abbandonata...»

«Venduta e abbandonata...» ripeté lo psicologo guardando il soffitto.

«Sì.»

«Hai un blocco inconscio della tua emotività» mi rispose senza incertezze.

Intanto la mia vicina continuava a piangere con singhiozzi sempre più forti. «Che cosa succede, cara?» le chiese lo psicologo con un tono di voce chiaramente compiaciuto da quell'angoscia.

«Sento l'amore della mia vera mamma. È una sensazione bellissima» gli disse tra le lacrime. Si alzò e abbracciò lo psicologo.

Imbarazzata, mi girai dall'altra parte.

«Guarda, invece!» mi rimproverò lo psicologo. «Solo chi sente può guarire.»

Nella seduta successiva si dedicò a me: ero il suo osso duro. Ero disposta a fingere: anche a sentire qualsiasi bambina celata in me, purché mi lasciasse in pace e non mi umiliasse. Mi chiese di raccontare la mia storia, quello che ricordavo, fin dall'inizio. Tra tutto ciò che avevo visto e ascoltato in quella stanza, questa mi sembrò l'unica richiesta ragionevole. C'era soltanto un piccolo tocco di originalità da rispettare: non potevo rimanere seduta, era troppo convenzionale, dovevo camminare per la stanza a piedi nudi, mettendomi vicino al cartello che di volta in volta rappresentava i miei sentimenti.

Parlai di me, e più procedevo nella mia storia, più mi meravigliavo delle mie avventure, quasi non fossi stata io la protagonista di tutto quello che avevo passato. Mi stupivo dell'abilità e della fortuna che mi avevano permesso di superare tante situazioni drammatiche, e mi accorgevo che le ragazze sedute intorno a me mi ascoltavano, mi osservavano incuriosite, forse anche ammirate; intuivo che la loro vita era stata molto più misera e prevedibile della mia.

Il mio racconto durò a lungo, tre sedute intere, perché lo psicologo voleva approfondire anche i dettagli sui quali sorvolavo. Nel momento preciso in cui terminai, ebbi la certezza che in quella stanza non sarei più ritornata. Lasciai il gruppo di sostegno come se la mia testa si fosse svuotata, ma con una sensazione di riconoscenza e con la consapevolezza di una verità semplice, che mi restituì lentamente fiducia in me stessa: anche tra noi figli adottivi, che spesso viviamo con sofferenza la nostra diversità, grazie al cielo ci sono profonde differenze.

XIV

Mi ricordavo la fine della primavera nel paese in cui ero nata, quando il vento del Sud entrava nella vallata disgelando i bordi dei prati rimasti all'ombra delle montagne, e il cielo si copriva di aquiloni. Avevamo preparato da giorni strisce di carta leggera e aspettavamo, con il naso all'insù, la corrente d'aria favorevole. All'improvviso, come uno stormo di uccelli, eccoli volteggiare: i loro colori si confondono con l'azzurro, con il verde e il bianco accecante dei ghiacciai. S'impennano rapidi, appaiono immobili, planano dolcemente e con un guizzo riprendono quota: una raffica strappa il filo che scivola dalle nostre dita. Ora salgono sempre più in alto, vanno a nascondersi nelle pieghe del cielo. Sono liberi finalmente di volare.

La mano di Margherita, inumidita dalla febbre, scivolava dalle mie dita e cadeva abbandonata sulle lenzuola del letto. Mi ricordavo i primi giorni del mio arrivo in Italia, i primi giorni di scuola: le camminavo vicino e lei mi teneva stretta per mano. Poi, quando capiva che non c'era pericolo, mi lasciava, e io, allora, correvo via, come gli aquiloni di primavera nel cielo del mio paese. Ma il filo non si spezzava, e appena volevo, se avevo bisogno di sicurezza, tornavo in fretta da lei per essere presa di nuovo per mano.

La grave malattia che affliggeva Margherita le toglieva perfino la forza di tenermi la mano, mentre io non riuscivo a trattenere la sua, come se non fossi preparata a quel gesto. Capivo che era sempre stata lei ad avermi protetta, anche con la sola presenza, e ora, con quel suo viso imperlato di sudore, osservandomi con gli occhi arrossati dalla febbre, sembrava volesse dirmi che ormai non avevo più bisogno della sua mano, che ormai ero pronta per quella libertà che tanto avevo desiderato.

Alla sera, rientrando a casa, trovai Giorgio in cucina. Era in piedi con le spalle alla porta; si era accorto che ero là, dietro di lui, ma non si voltò, non mi venne incontro per abbracciarmi e salutarmi, come d'abitudine. Era strano sentirlo così lontano e assente. Mi avvicinai, vidi che le lacrime gli rigavano il viso, il capo era appena reclinato e gli occhi socchiusi. Non l'avevo mai visto piangere ed ebbi paura, come se scoprissi la fragilità proprio dove avevo sempre immaginato di trovare la forza. Il dolore gli aveva gelato i movimenti e rappreso le parole, e io mi sentivo incapace di affrontare la sua sofferenza e di aiutarlo. Il suo volto, così diverso e nuovo, mi faceva comprendere quale grande amore provasse per Margherita, quale profonda solidarietà li unisse fino al punto di desiderarmi come loro figlia. Li avevo sempre e soltanto visti in funzione mia: Margherita e Giorgio esistevano per me, io ero il centro attorno al quale ruotavano senza mai sfiorarsi. Ora mi accorgevo che scivolavo al margine della loro vita, andando a occupare un posto di poco rilievo, ma certamente più vero.

Margherita era gravemente malata e rischiava di morire. Tornavo a casa sempre prima di Giorgio e aspettavo il suo rientro dall'ospedale. Ci mettevamo a tavola in silenzio e, senza bisogno di parlare, capivo che non c'erano miglioramenti. Mi sedevo al posto di Margherita e, forse, incominciavo a imitare qualche sua piccola abitudine nel cucinare e servire la cena. Con il passare del tempo mi ero assunta il compito di fare in casa i lavori che solitamente svolgeva lei, desiderosa di mostrarmi una figlia perfetta sotto tutti i punti di vista, preparandomi a compensare la perdita che mio padre avrebbe subito. Forse temevo inconsciamente che anche lui se ne sarebbe andato via a raggiungere la sua Margherita se io l'avessi deluso. Forse tutta quella mia dedizione nasceva dalla paura di essere ancora una volta abbandonata.

Passarono alcuni mesi: Margherita guarì lentamente e lasciò l'ospedale. Ora, a casa, era lei il centro dell'attenzione. Così debole da avere bisogno di essere accudita in ogni circostanza, trovava soprattutto in me l'aiuto necessario, e io ero felice di sentirmi utile... ma di fronte a Giorgio. La gratitudine di Margherita per le mie premure non mi interessava: era il giudizio di Giorgio che mi stava a cuore, perché a lui volevo dimostrare che il suo amore per Margherita non aveva nessun motivo di essere superiore a quello che poteva provare per me.

Certo, oggi mi accorgo di quanto fosse ingenua la mia gelosia e assurda la mia competitività, ma dentro di me, durante tutta la vita trascorsa come bambina venduta e adottata, ho sempre sentito di avere solo una mamma, quella che avevo lasciato al mio paese e che avevo visto tra le lacrime per l'ultima volta dalla curva della strada che portava oltre la collina. Mio padre, invece, è stato anche il Français, è stato anche Giorgio.

All'università mi iscrissi a Medicina. Anche in questa scelta non era stato estraneo il desiderio di avere l'approvazione di Giorgio: proprio nel momento in cui decidevo del mio futuro, volevo che mi considerasse degna di lui. Naturalmente lasciavo intendere che lo studio della medicina corrispondeva ai miei interessi, ma poi quel segreto desiderio di emulazione paterna credo sia stato ricompensato dal destino, perché rese possibile il cammino più importante della mia vita, quando presi la specializzazione in pediatria.

Durante l'ultimo anno del liceo avevo dedicato molto tempo all'impegno sociale. Lavoravo nelle associazioni di volontariato, mi ero iscritta ad Amnesty International e avevo aiutato, con l'adozione a distanza – anch'io avevo adottato –, il figlio di un perseguitato politico della Bolivia. E poi amavo la poesia: talvolta pensavo al libro tutto sgualcito in cui si sprofondava il vecchio Français e non so cos'avrei dato per conoscerne l'autore. Mi ricordavo, però, con quanta devozione mi aveva portata di fronte alla statua di Tagore: e io, ora, di quel poeta conoscevo a memoria le liriche più belle.

Mi sarebbe piaciuto studiare Lettere oppure Sociologia, ma quando parlavo di università con Giorgio e Margherita non mostravo alcun dubbio sulla mia scelta per Medicina. Da un lato ero rassicurata da questo rapporto di dipendenza con una figura paterna che stimavo e amavo, dall'altro sentivo crescere dentro di me il desiderio di autonomia. E le mie contraddizioni immancabilmente convergevano su Margherita e lì esplodevano. Era più forte di me: nonostante la sua evidente debolezza e una fragilità emotiva sempre più accentuata, continuavo a essere polemica, perfino aggressiva con lei. Superate le tensioni, mi vergognavo di me stessa, ma non riuscivo a controllarmi, a trovare un sia pur piccolo e stabile equilibrio.

«Va bene, come vuoi: cambiamo tutto.» Margherita stava preparando la tavola per la cena a cui erano invitati alcuni ospiti di riguardo, colleghi di Giorgio, e io l'aiutavo.

«Non sono io a volerlo, è il buon gusto, un minimo di buon gusto!» risposi irritata. Si trattava della tovaglia: ne aveva scelta una a fiori colorati, troppo appariscente. «Quale metteresti allora?» mi chiese, aprendo la cassapanca.

«Prendine una a tinta unita, è ovvio!»

«Sceglila tu, così non si sbaglia.»

«Non so cosa ci sia lì dentro!» La sua arrendevolezza mi infastidiva: avevo la sensazione che Margherita mi desse automaticamente ragione per evitare qualsiasi scontro.

«Tra i miei primi ricordi di bambina c'è una vigilia di Natale. Mio padre...»

«Adesso cosa c'entra questo discorso con la tovaglia?» la interruppi.

«Niente: mi era solo tornato in mente... Allora, vediamo di prenderne una bianca per questa sera.»

«Se hai incominciato, continua. Cosa ricordi?» Come mi accadeva più di una volta, le parlavo con un tono di voce seccato. Margherita mi osservò un istante; scosse la testa. Poi, mettendosi a frugare nella cassapanca, si mise a raccontare. «Quel Natale mia sorella trovò come regalo una bambola e io un trenino elettrico. Appena lo vidi e capii che io avrei giocato con il trenino mentre mia sorella con la bambola, scoppiai in un pianto inconsolabile perché anch'io avevo tanto desiderato una bambola. Passarono gli anni ma non dimenticai quella curiosa differenza di regali, e un giorno, ormai diventata grande, chiesi a mio padre se si ricordava di quel lontano Natale, di quella bambola, del trenino e della mia disperazione. Mi rispose che non c'era stata nessuna particolare intenzione in quella decisione: pensava che avremmo potuto giocare tutt'e due – io e mia sorella – con la bambola e il trenino. Eppure, con il trascorrere del tempo, pensando a cosa è stata la mia vita, mi è sembrato che la scelta di quel regalo fosse all'origine del mio destino... Io metterei questa tovaglia, cosa te ne pare?»

«Ma non sei capace di finire un discorso?»

«Credevo non ti interessasse...»

«Credevo, credevo...»

«Mia sorella incominciò a giocare subito con la bambola» continuò Margherita a bassa voce, «la vestiva, le parlava, la cullava. Non mi permetteva di prenderla neppure quando non la teneva in braccio: mi rimproverava dicendomi di lasciarla dormire, che ero cattiva a svegliarla e non ci sapevo fare. Allora, immalinconita, mi mettevo a giocare con il mio trenino e in segreto la invidiavo. Era come se una parte di me non potesse esprimersi, come se, non riuscendo a toccare quella bambola per curarla, coccolarla, venisse negato il mio istinto materno.»

«Come al solito esageri!»

«Probabilmente. Comunque questo stato d'animo non mi ha lasciata, ho continuato a portarlo con me. Ne avevo parlato una volta alla psicologa, durante i colloqui per ottenere l'adozione. La dottoressa, allora, mi aveva spiegato che, giocando con una bambola, la bambina esprime la sua femminilità: nel modo in cui chiacchiera, sogna con lei, le prepara i corredini, sviluppa il suo senso materno e diventa donna; il suo primo figlio è la continuazione affettiva di quella bambola. Una bambina senza bambola è come una donna senza figlio.»

Margherita rimase in silenzio, aveva gli occhi lucidi e osservava perplessa la tovaglia presa dalla cassapanca.

«Perché mi hai raccontato questa storia?» le chiesi.

«Non lo so; te l'ho detto: mi è venuta in mente.»

«Associazioni, direbbero gli esperti.»

«Forse sì... comunque è un fatto che io non sia capace di tenere bene la casa, con buon gusto. Anche tuo padre si lamenta. Sono insicura... per fortuna questa sera ci sei tu ad aiutarmi.»

Mi sentivo prigioniera del mio carattere. Non riuscivo a liberarmi dal bisogno di rassicurazione e dall'ossessivo desiderio di autonomia. Leggevo molto a quel tempo. Mi lasciavo coinvolgere dalle storie dei grandi romanzieri russi e tedeschi, vagavo nel loro mondo senza però riuscire a sognare; talvolta mi sentivo quasi offesa dalla strana pretesa che hanno gli uomini di credere nell'amore, di pensare che sia una forza vitale capace di rapirci e di portarci chissà dove. Avevo un incubo ricorrente: camminavo nella notte, il buio profondo mi provocava vertigine e spavento. Con la paura nasceva il desiderio di guardare dietro di me. Mi voltavo e vedevo immagini offuscate dissolversi in un silenzio spettrale. Poi, in un batter d'occhio, quella strana ragazza che era in me, che portava con sé qualcosa della tenebra e del sogno, riemergeva dall'oscurità come se avesse attraversato una smagliatura dell'immenso velo nero che fasciava il mondo. Ritrovava il suo orizzonte, ma avrebbe avuto bisogno di una guida che le facesse scoprire un altro ritmo per il suo cammino, portandola fuori per sempre dalla macchia scura della vita.

La danza è stata il campo di battaglia in cui mi ha gettata il destino per fare di me una sua creatura: qui ho incontrato la mia sventura, qui ho abbracciato la mia salvezza. Perché ero stata vista danzare, mi avevano venduta; perché ero stata vista danzare, mi avevano costretta a essere schiava; perché danzavo ero finita nell'istituto in cui avrei poi trovato nuovi genitori; ancora qualcuno mi avrebbe guardata danzare e ancora una volta la mia vita sarebbe cambiata.

Mentre una sera aspettavo la metropolitana, fui attirata da una musica che aveva qualcosa di famigliare.

Ero sempre in imbarazzo quando sulla mia strada incrociavo un vucumprà, e mi intenerivano quelli che suonavano uno strumento per avere l'elemosina. Con un po' di viltà cercavo di evitare gli uni e gli altri: mi ricordavano la persona che ormai non ero più. Ma quella musica, così vitale, piena di invenzioni e variazioni, mi metteva allegria. Mi avvicinai: erano indiani. Riconoscevo i loro strumenti e mi pareva di capire qualche parola delle loro canzoni. Rimasi ad ascoltarli, lasciando passare i treni; mi si avvicinò una bambina, e guardandomi dal basso alzò verso di me le sue manine che reggevano un bicchiere di carta. Non volevo fare l'elemosina: loro erano artisti. La bambina, immobile davanti a me, continuava a osservarmi. Nei suoi grandi occhi neri vedevo la mia anima; mi sorrideva e sentivo il suo sangue scorrere nel mio corpo. Avrei voluto accarezzarla, provare a parlare la sua lingua. Scosse il bicchiere, facendo tintinnare le monete: voleva un po' di soldi, non la mia confidenza. Si sentiva diversa, mi sentiva diversa da lei. Le lasciai tutto quello che avevo nel portafoglio e mi allontanai finché non sentii più il suono di quella musica.

Mi fermai quasi inciampando contro un secchio pieno di colla che un uomo stava usando per attaccare al muro un manifesto. Quando se ne andò, mi trovai di fronte a un cartellone che pubblicizzava una scuola di danza indiana.

Incominciai a frequentarla una volta alla settimana, di pomeriggio. Imparavo passi e movimenti che non conoscevo e non avevo mai visto fare; sentivo però che possedevano la forza della mia terra, che esprimevano l'erotismo dei nostri corpi. Quella danza mi inebriava, la musica esaltava la mia sensualità, mi sembrava che la coscienza si dilatasse all'infinito, spezzando la gabbia del mio io. Nella sala della scuola erano appesi grandi manifesti delle città dell'India, delle sue montagne, delle spiagge bagnate dall'oceano, delle terre attraversate dal Gange. Quelle immagini mi avvolgevano e la musica mi trascinava lontano: il mio corpo si lasciava andare nella danza seguendo lo stesso ritmo del mio cuore indiano.

Ero brava: nessuna delle ragazze bianche che frequentava il corso aveva la mia eleganza, viveva il movimento con la mia stessa armonia. Ricordavo la delusione patita tanti anni prima, quando avevo abbandonato le lezioni di danza classica. La levità, la grazia sublime dei passi che eseguivo malamente non appartenevano alla mia sensibilità, e per quanto mi applicassi con tutta la mia volontà non riuscivo a essere diversa da me stessa.

La sala da ballo era uno stanzone con le luci al neon sempre accese, che mettevano ancor più in evidenza le macchie e le crepe del muro là dove non era coperto dai manifesti. Il linoleum, nella parte centrale del pavimento, era consumato, i servizi igienici erano trascurati, spesso mancava l'acqua calda e gli spogliatoi erano insufficienti. Le ragazze e i pochi ragazzi che frequentavano la scuola dopo qualche lezione non ritornavano: a me tutta quella modestia non dava fastidio, perché la musica era buona e la maestra straordinariamente brava. Non insegnava: ci chiedeva di imitarla. Qualche volta ripeteva più lentamente i movimenti, ma non s'interrompeva per correggerci. Parlava pochissimo: credo che la scuola fosse per lei un pretesto per poter ballare. E, a vederla danzare, era uno spettacolo. Mi sarebbe piaciuto conoscerla, ma non mi dava confidenza, anche se ero l'unica indiana del gruppo. Lasciavo la scuola per ultima, pensando che da sole avremmo potuto scambiare qualche parola, ma né io né lei iniziavamo il discorso, come se avessimo una chiara, reciproca consapevolezza del nostro passato, e il pudore ci impedisse di dialogare.

Un giorno, prese con me l'ascensore un ragazzo; mi chiese a quale piano salivo. «Ah, sì, lì c'è la scuola di ballo! È proprio sopra il nostro studio. Sentiamo rimbombare il pavimento e sembra che ci crolli addosso. Ma cosa fate? Danzate o saltate dalle sedie?» mi disse ridendo. «Adesso vengo con lei a controllare.»

Rimase a guardarmi accanto alla porta semichiusa della sala per tutto il tempo della lezione. Mi attese e ci trovammo a passeggiare insieme per Milano.

Il primo bacio arrivò come se fosse la conseguenza più naturale di quell'incontro. Mi sembrava di non aver fatto nessuna scelta, eppure qualcosa aveva vinto la mia diffidenza, forse la mia paura di abbandonarmi all'amore.

Ripensando a quell'istante in cui la mia vita e quella di Ramon si sono toccate, ancora non capisco quale misterioso congegno mi avesse portata nelle braccia di quell'uomo senza che mi preoccupassi di nulla, senza che pensassi a cosa il destino mi avrebbe ancora una volta riservato. Perché sapevo – di questo ero certa – che l'amore non dà scampo: o salva o condanna al dolore. Ma c'era tutta una realtà sconosciuta, quella del sesso, di fronte alla quale indietreggiavo con terrore. Per questo speravo che tra noi non ci fossero parole e sogni a occhi aperti, che la tenerezza non si lasciasse soffocare dai ragionamenti, a cui nessuno mi aveva educata. Avevo paura di essere troppo diversa dalle ragazze della mia età che vanno incontro all'amore. Volevo soltanto sesso ed estasi, volevo essere libera da ogni progetto sul futuro o ignara della via che il destino aveva già tracciato per me. Eravamo incantati, leggeri, trascinati in una fuga verso l'infinito.

Fu così che saltammo completamente quella fase iniziale delle relazioni amorose, piena di incertezze e di interpretazioni degli sguardi, quando ci si dà appuntamento e ci si veste con molta cura per fare bella figura. Tormentandoci nell'attesa di andare a letto insieme, ascoltavamo la musica di Miles Davis bevendo tè Darjeeling, nel bar sotto casa di Ramon, aspettando che i suoi compagni con cui condivideva l'appartamento se ne andassero.

I genitori di Ramon erano argentini, arrivati in Italia quando lui aveva otto anni, più o meno come era capitato a me. Forse per questo avevo provato un'istintiva intesa con Ramon, proprio come mi era capitato, tanti anni prima, con Kaled. "Déraciné", sradicati: avevo letto in un bel libro di un sociologo tedesco che i déraciné si attraggono come se avessero una calamita interiore. Ramon aveva i genitori, la sua infanzia era stata completamente diversa dalla mia, era un giovane architetto avviato sulla strada del successo, eppure sentiva che le sue radici erano altrove, e questo sentimento di lontananza dalla sua origine, dalla sua terra, me lo comunicava con molta nostalgia. Si può essere felici in un nuovo paese e continuare a sentirsi ospiti, ricordando, più spesso sognando, la bellezza di ciò che si è dovuto abbandonare.

Con Ramon trovavo la serenità del passato perché non ci prendevamo mai troppo sul serio: vivevamo l'amore come se fosse un ospite provvisorio del nostro cuore. I pomeriggi diventavano sere: cenavamo nei ristorantini cinesi dietro corso Sempione, andavamo al cinema e poi ad ascoltare musica dal vivo nei locali sui Navigli. Camminavamo nella luce fredda riflessa dall'acqua, ci baciavamo nell'ombra lasciata dai lunghi intervalli dei lampioni e facevamo finalmente l'amore con le lacrime agli occhi.

Poi restavamo lì, abbandonati come se non sapessimo nulla l'uno dell'altra. Sentivo le sue guance scorrere dolcemente sul mio corpo, le sue mani accarezzarmi la pelle, e nessuna parola rovinava l'estasi di quel contatto. Era un amore che ci univa nel centro della nostra sensualità, un amore senza promesse che accendeva soltanto il desiderio trasformando due creature in una sola.

«Ce ne stiamo come due naufraghi dimenticati da tutti e indifferenti a ciò che ci accadrà» mi disse Ramon, rompendo un giorno quel silenzio che ormai sembrava l'unica presenza disposta a sorvegliare i nostri incontri.

Mi sciolsi dal suo abbraccio separandomi un poco da lui per poter guardare il suo viso. «Forse dovrei offrirti una vita che abbia un senso, uno qualunque» continuò a dirmi. La sua pace interiore era affascinante e mi donava una serenità che non avevo mai conosciuto prima.

Fu così che, all'improvviso, con la stessa semplicità

con cui era stato escluso, il futuro entrò nella nostra vita. Anche l'amore fu diverso, meno intenso: incominciò a essere una consuetudine piena di gioia ma senza esaltazione. Passavamo ore e ore a ragionare su cosa fare insieme, dove andare insieme, dove restare insieme. Era proprio quell'essere uniti che irrompeva nella mia vita, trascinando tutte le altre mie emozioni. Quando scivolavo via dal corpo di Ramon, dopo che il sesso ci aveva raccolti nella profondità della nostra vita, continuavo a sentirmi sola. Ora, invece, il mondo mi accoglieva, non soltanto in quegli attimi di piacere, ma in un tempo indefinito che potevo immaginare, inventare, progettare. Tutto il mio passato mi sembrava una piccola cosa di fronte alla grandezza e alla bellezza delle decisioni che prendevo insieme a Ramon.

Durante i miei studi di medicina, Giorgio aveva continuato ad aiutarmi. Un giorno mi chiese se ero diventata così brava da non avere più bisogno di lui o se qualcun altro lo avesse sostituito.

«Né una cosa né l'altra» gli risposi.

«Sei davvero sicura?» mi chiese. «Comunque devi finire gli studi, non lasciarli per nessun motivo: pensa a te stessa, una volta tanto! Vedrai che così ti sentirai più sicura anche nelle tue scelte. Quanto a me... C'è sempre un momento in cui non si ha più bisogno di una persona: l'importante è non dimenticarla.»

Non avevo l'abitudine di confidarmi, ma Giorgio aveva capito che l'amore era entrato nella mia vita. Era vero: non cercavo più mio padre, non andavo più da lui orgogliosa di mostrargli che avevo preso un buon giudizio in un'esercitazione di laboratorio o un bel voto all'esame. Qualche volta pensavo che, se fossi stata agli inizi degli studi, avrei potuto cambiare facoltà, iscrivendomi ad Architettura per stare più vicina a Ramon. Mi sentivo libera dall'idea, forse anche dall'ossessione, di dover dimostrare a Giorgio che meritavo la sua stima, che io ero la figlia che aveva sempre desiderato. Il mio viaggio con lui, cominciato per le strade assolate di Benares, impregnate dall'odore dell'India, stava finendo. E sentivo invece Margherita più vicina, la sentivo una donna come me.

Fu lei a farmi notare il cambiamento. Una mattina, durante la colazione, ero stata molto premurosa nel prepararle il tè. «Avrei bisogno di una crema per il viso; quelle che sto usando non servono a niente» le dissi. «E poi vorrei un vestito per questa sera, per andare a teatro. Tu hai un buon fondotinta? Dove compreresti un abito veramente elegante?»

Margherita mi osservò senza rispondermi. Non era sorpresa, ma aveva l'atteggiamento di chi non si fida e vorrebbe saperne di più. Il suo sguardo era spento, non le riusciva, come un tempo, di scrutare il mio pensiero con una sola occhiata. La malattia, che l'aveva fatta soffrire tanto a lungo, non era stata del tutto sconfitta, e il suo corpo era invecchiato, la sua forza d'animo indebolita.

«Ti sentivo più vicina quando discutevamo per ogni cosa, quando non ti andava mai bene niente di quel che dicevo» mi rispose.

«Ti ho chiesto un consiglio...»

«Appunto, è la prima volta. Era sempre tuo padre quello a cui ti rivolgevi.»

«Si tratta di un vestito da donna, di un abito da sera...»

«Anche per come vestirti. Comunque hanno aperto un bel negozio in corso Venezia, quasi di fronte al Circolo della Stampa.»

«Mi accompagneresti?»

Margherita si alzò, lasciando il suo tè sul tavolo; forse piangeva, voltandomi le spalle. Una volta non avrebbe esitato a mostrarmi le sue lacrime, a esibirmi tutto il dolore provocato dalle nostre incomprensioni. Si avvicinò al tavolinetto dove erano incorniciate le nostre fotografie. Si infilò gli occhiali e ne prese una, quasi accarezzandola. La osservò attentamente, come se, all'improvviso, si fosse accorta di un particolare che le era sfuggito. Era il ritratto di famiglia. Sullo sfondo c'era il lago nell'ora del crepuscolo, e noi eravamo nel giardino della casa di Feriolo. Io, ancora con i capelli cortissimi, appena arrivata dall'India, stavo in mezzo a Giorgio e Margherita. Avevamo tutti e tre un vestito bianco, ma il mio faceva risaltare in modo quasi ridicolo la pelle scura del viso e delle braccia. Giorgio e Margherita tenevano la loro mano appoggiata sulla mia spalla con un gesto di protezione che il loro sorriso sembrava sottolineare. Quelle mani mi avevano difesa e trattenuta e ora si separavano da me, perché il ritratto di famiglia era diventato incompleto, perché un'altra persona si era inserita in quella relazione, sciogliendo i vecchi legami, liberandomi dalla sottile, lacerante competitività con Margherita e dall'infantile desiderio di approvazione e di stima da parte di Giorgio.

XV

«Non hai mai dimenticato la tua India» mi disse Giorgio.

«È il dono più grande che mi avete fatto, tu e la mamma. Ricordare.»

Quando si è felici, è facile essere generosi. Poche, pochissime volte avevo chiamato Margherita "mamma": ero davvero felice, la mia vita ritornava al suo punto d'origine, riportandomi nella mia terra.

Giorgio era seduto alla sua scrivania e io ero rimasta in piedi, di fronte a lui, come mi capitava da bambina quando aspettavo che fosse nel suo studio per potergli parlare da sola. Sebbene mi invitasse ad accomodarmi in poltrona, preferivo, come d'abitudine, rimanere in piedi per poter uscire dalla stanza il più rapidamente possibile se il discorso avesse preso una brutta piega.

«Non vuoi sederti un momento?» mi chiese ancora.

«Devo andare via subito... Ti vedo pieno di lavoro.»

«No, non in particolare... E Ramon cosa dice?»

«Verrà con me. È stato il suo studio a proporgli una soluzione.»

«Non era facile trovare una persona che sarebbe stata disposta a seguirti. Sembra quasi...»

«... che l'abbia cercato con questa intenzione. Rimanere qui o andare altrove, per lui, in effetti, non fa molta differenza... e poi adesso che non ha più i genitori... I suoi colleghi gli avevano anche offerto di andare a lavorare a Rosario...»

«Dov'è nato, vero?»

«Sì, ma lui non provava nessun particolare desiderio di trasferirsi là.»

«Invece tu non ti sei mai rassegnata.»

«Non c'entra la rassegnazione.» Ero già in piedi ed era forte la tentazione di uscire dalla stanza con una scusa qualunque per interrompere quel discorso che poteva sfuggirmi di mano.

«Ramon è in pace con il suo passato» continuai, «io, per quanto abbia cercato di dare ordine ai miei ricordi, e pensando a volte di esserci anche riuscita, continuo a lottare con la mia memoria. Quando ero piccola mi avevi regalato un salvadanaio a forma di casetta...»

«Appena potevi ci mettevi qualche moneta: era quasi un'ossessione.»

«Pensavo di risparmiare i soldi per ritornare in India, quando fossi diventata grande. Passava qualche mese e aprivo la casetta per spendere tutto. Poi mi pentivo e ricominciavo a infilare nella fessura del tetto le monete, finché mi dicevo che non aveva senso e mi riprendevo quello che avevo messo via. Un bel giorno mi decisi di gettare via il salvadanaio: ero felice e subito dopo mi misi a piangere come una disperata... Sono cresciuta, ma sai meglio di me che non sono cambiata.»

«Se avrai bisogno, qui c'è la tua famiglia... una parte, almeno. Questa volta ti sarà facile ritrovarla.»

Anche ora che si consumava la separazione, Giorgio manteneva con molta lucidità la consapevolezza di essere un padre adottivo, rimanendo un passo dietro di me, pronto a sorreggermi, ma lasciandomi libera di camminare. Era triste: lo capivo da come teneva gli occhi bassi e mi guardava di sfuggita. Credo che lui sapesse, fin dall'inizio, quale sarebbe stato l'esito della nostra storia; fin dall'inizio conosceva le difficoltà della mia adozione e a quali amarezze sarebbe andato incontro.

Pensando al tempo passato, cercando di frugare nei miei ricordi, non solo non riesco a rimproverargli nulla, ma non sono neppure sicura di avergli dimostrato tutta la mia gratitudine: quanto deve aver amato Margherita per decidere di adottarmi! Giorgio era troppo intelligente e sensibile per capire che io non sarei mai stata la figlia che gli avrebbe potuto dare sua moglie, e, proprio per questo, io continuerò a sperare di essere stata la bambina e poi la donna che avrebbe desiderato di veder crescere.

Il viso di Margherita, ancora una volta, era segnato dalle ombre della delusione. Lei s'immaginava un'altra bambina, una figlia diversa da me. Ne ero sicura, e questa certezza, proprio adesso che avevo un avvenire tutto mio, era uno scacco alla mia felicità. Anche se la sua lunga malattia, il mio nuovo lavoro e l'incontro con Ramon avevano progressivamente attutito i motivi d'attrito e allentato le nostre continue tensioni, tuttavia non ci avevano restituito una stabile serenità.

Reagì malissimo quando le annunciai il mio matrimonio con Ramon. «È uno spiantato, non potrà mai darti niente» mi disse sconsolata, senza la forza di contraddirmi davvero, senza tentare di dissuadermi. Ma, qualche mese dopo le nozze, quando chiesi a Giorgio di aiutarmi a comunicare a Margherita la nostra decisione di andare a lavorare in India, ebbe una reazione che non mi sarei aspettata. Per fronteggiare una scelta così radicale, aveva trovato quell'energia e quella lucidità che purtroppo le erano sempre mancate.

«È come se questo momento lo avessi già vissuto tante volte» mi disse Margherita. «Sapevo che ci avresti lasciati: avevo paura che scappassi via quando eri bambina e ti liberavi dalla mia mano per correre nel parco; quando da ragazzina passeggiavi ore e ore da sola per le colline intorno a Feriolo; quando mi dicevi le bugie per rimanere con Kaled, quando hai incominciato a frequentare l'università e ti fermavi a lungo, fuori casa, per studiare con i tuoi compagni; quando hai conosciuto Ramon, quando ti sei sposata... sempre, sempre. La mia paura non era la conseguenza del desiderio di possesso: lo sapevo bene. Anche se non ottengo buoni risultati, ho imparato a guardare dentro di me. Piuttosto, non ero sicura di essere una brava madre e la tua fuga sarebbe stata la dimostrazione di questa mia incapacità. Quando si ha un figlio naturale, si è anche madri naturali: si possono commettere tanti errori, ma è un po' nell'ordine delle cose; con i propri figli è inevitabile sbagliare e cercare di correggersi. Ma io ti ho voluto adottare, e ho vissuto questa decisione con tanto, forse troppo, senso di responsabilità: era come se ciò che la natura mi aveva tolto, la mia volontà dovesse restituirmelo. Ecco, mi sentivo in obbligo verso la mia volontà che aveva preteso una figlia adottiva. Ieri sera, quando Giorgio mi ha comunicato la tua decisione di tornare in India, per aiutarmi a superare lo sconforto, ha preso dalla libreria i nostri vecchi album di fotografie. In pochi minuti abbiamo rivissuto la nostra storia: quando da ragazzi ci siamo conosciuti al mare, i nostri primi viaggi all'estero, il matrimonio... tu, magra, con gli occhi pieni di spavento. Sei diventata una bella donna che può camminare fiera per le strade del mondo: sono orgogliosa di averti cresciuta e mi accorgo ora che le mie paure, le mie insicurezze che tanto mi hanno fatto penare sono un prezzo irrilevante rispetto a ciò che ho raggiunto. Giorgio è stato più bravo di me e so che lo stimi – oh, non dirmi che non è vero – più di me. Ma so anche che non mi dimenticherai mai e che mi sentirai come la tua vera mamma quando diventerai madre e avrai la fortuna di veder crescere tuo figlio.»

Avevo sempre desiderato ritornare in India, ma non pensavo che lì avrei trovato un lavoro e che, forse, mi sarei trasferita definitivamente. In fondo, Margherita aveva ragione: se non fosse stato per Ramon, sarei probabilmente rimasta in Italia. Ma lui è un idealista, e io lo amo per questo; guarda al di là dell'Occidente per cercare un mondo più autentico, libero dall'individualismo e dagli egoismi economici. «Non si può fare l'architetto senza un progetto sociale, senza un'idea di vita. Se rimango qui, finirò per costruire villette in Brianza e ristrutturare appartamenti. E tu, poi» mi diceva, cercando la mia complicità, «non saresti più utile a curare i bambini indiani? Non credi che la tua terra abbia bisogno di te e della tua competenza più di un ospedale di Milano?»

Ramon ha un innocente, generoso entusiasmo che gli dà lo slancio per oltrepassare ogni ostacolo, ma non rinuncerebbe mai a coinvolgermi nei suoi progetti, perché io, ormai, da quando i suoi genitori sono scomparsi, rappresento tutta la sua famiglia. «Bisogna sognare, sognare, sognare; trasformare i sogni in idee e le idee in realtà» mi diceva, e la sua febbre di vita lentamente mi contagiava. E così, alla fine, io sarei andata a lavorare nel centro di medicina pediatrica di Benares, una delle più importanti strutture ospedaliere e di ricerca dell'India sulle malattie infantili, e lui ad Allahabad, vicino a Benares, avendo vinto il concorso per realizzare il progetto del nuovo piano regolatore della città.

«Io parto subito» dissi a Ramon una mattina, pensando a come organizzare il nostro trasferimento.

«Perché? Che senso ha?» mi rispose sorpreso, osservandomi attentamente per capire cosa gli nascondevo.

Che senso ha? Non lo sapevo; aveva ragione Ramon: sarebbe stato ovvio partire insieme. Ero confusa. Avevo sempre pensato che prima o poi sarei tornata in India, e tutte le volte mi immaginavo situazioni diverse. Adesso la realtà del viaggio cancellava tutte le possibili immaginazioni di un tempo e sentivo dentro di me un groviglio di contraddizioni.

«Preferisco andare via per prima, da sola, perché non so ancora bene cosa fare» gli risposi.

«Ci trasferiamo a Benares: non ci sono molte alternative. Ormai là ci aspettano» osservò Ramon.

«Ma sì, certo. Però prima... preferisco essere sola.»

Era quel "prima" che, da quando avevamo deciso di partire per l'India, mi ossessionava, come se fosse il pezzetto di un mosaico che non riuscivo a mettere al suo posto. Mi pareva che tutto il disegno fosse perfetto: mancava solo un particolare che in nessun modo trovava la sua corretta collocazione.

«I conti della vita non tornano mai: è inutile che cerchi di fare somme e sottrazioni esatte, qualcosa rimane sempre in sospeso. Ed è anche giusto che sia così» mi disse Giorgio: pensavo che solo lui potesse aiutarmi. Quel pezzetto di mosaico che non andava al suo posto era la mia casa, il mio paese, la mia vera famiglia.

«Non abbiamo mai saputo dove sei nata e quale sia il tuo cognome. Ti ricordi? Ne abbiamo parlato a lungo, ormai molto tempo fa» osservò Giorgio prendendo delle carte.

«Credevo che non mi dicessi la verità... forse era meglio...»

«No, perché? Quando venni a prenderti a Benares, le suore dell'istituto che ti aveva accolta avevano solo le poche notizie fornite da te. Noi non abbiamo fatto, né potevamo fare, nessuna ricerca. Di sicuro sei nata nella regione del Ladakh, e il tuo paese si dovrebbe trovare in una vallata non lontana da Leh. Siamo rimasti in contatto con l'istituto di Benares per almeno dieci anni: nessuno ha mai chiesto di te» mi disse facendo scorrere tra le mani un plico di documenti.

«Vorrei provare a cercare la mia vecchia casa...» Pronunciai quella frase il più in fretta possibile, come se il fiato mi stesse per mancare.

«I tuoi genitori...» Giorgio era rimasto impassibile e io avevo ripreso coraggio.

«Sì... cosa ne pensi?»

«Ramon cosa ti ha consigliato?»

«Non gli ho parlato di questo.»

«Ah... lo chiedi a me...» Poi, dopo qualche esitazione: «Se è un tuo desiderio...».

«No, devi dirmi cosa faresti al mio posto. Voglio sapere come ti comporteresti tu.»

«Non posso mettermi al tuo posto! Però posso dirti che, nella mia vita, tutte le volte in cui ero indeciso se fare o non fare una cosa importante, pensavo che, dopotutto, fosse preferibile soffrire per aver agito piuttosto che pentirmi per aver rinunciato.»

Un intervallo di almeno vent'anni aveva segnato una separazione profonda tra la bambina che ero e la donna che stava viaggiando sull'aereo per Delhi: il destino lo colmò. Il destino unì improvvisamente quelle due vite, diverse per età, simili nel dolore e nella speranza.

Sorvolando a bassa quota la città, mi sentivo ormai in mezzo alle luci delle strade e delle case che illuminavano la notte della mia India, e appena le ruote toccarono la pista d'atterraggio, facendomi sobbalzare, ebbi la certezza che non avevo più tempo per decidere, che l'anima può guarire e lasciarti sognare: il destino no, è impietoso e non è disposto a cambiare. Il bene e il male stanno sempre nascosti dietro a quel severo punto di domanda: "Che cosa fare?".

Ero vissuta pensando che già altri avevano scelto per me, in modo irrevocabile. Ora, invece, cosa avrei deciso io? Potevo dimenticare? Fingere di non sapere? Costruirmi una logica fredda e inattaccabile? In fondo, nessuno della mia vecchia famiglia si è mai preoccupato di sapere dov'ero, e io, a mia volta, non mi preoccupo di sapere dove sono loro. Ma, allora, di questa mia felicità – perché, considerando tutto, ero felice – potevo accontentarmi? Nei momenti d'incertezza, mi sarebbero stati d'aiuto la nostalgia e il ricordo di una povera pastorella che è diventata un medico?

Tra meno di un'ora ci sarebbe stata la coincidenza per Srinagar; qui avrei atteso un giorno l'aereo per Leh. Poi, viaggiando in autobus, avrei provato a cercare il mio paese. Questo era il programma, e la quasi certezza di non riuscire a portare a termine l'ultima parte, mi restituiva un po' di quella incosciente tranquillità che si ha quando si è di fronte a un'impresa così difficile che il suo probabile fallimento avrebbe finito per lasciare ogni cosa come prima.

Camminavo verso il controllo di polizia degli arrivi internazionali: gli aeroporti sono tutti uguali, anonimi nella loro funzionalità, pervasi dall'aria artificiale dei condizionatori che sembrano rendere innaturale anche il respiro. Soltanto quando mi trovai di fronte a due grandi cartelli, che indicavano come mettersi in fila per attendere il proprio turno, incominciai a capire dov'ero e ciò che mi attendeva. In uno era scritto "indiani", nell'altro "stranieri". Mi sono sempre sentita indiana, e in ogni momento della mia vita non era mancata l'occasione perché mi venisse ricordata la mia differenza. Adesso ero ordinatamente incolonnata con gli stranieri e lasciavo gli indiani alla mia sinistra, come se il più profondo, intenso sentimento di appartenenza fosse niente di fronte a un semplice e formale documento d'identità. Quando arrivò il mio turno, consegnai il passaporto e il visto d'ingresso al poliziotto. Guardò il nome e la fotografia, guardò il mio viso a lungo e mi sorrise, dicendomi qualche parola in indiano.

Ero in ritardo per la coincidenza e, quasi correndo, mi portavo verso gli imbarchi nazionali. Attraversando un corridoio mi accorsi che, proprio lì vicino, c'era l'uscita dall'aeroporto, c'era Delhi.

Dopo tanto tempo, almeno un minuto... Alzai lo sguardo verso il cielo dell'India nell'aria calda e umida della notte, avvolta dall'odore dolce della terra rossa. Il frastuono e la confusione di macchine, uomini e animali, la pelle scura della gente e il loro sguardo sognante, i sari delle donne e le tuniche bianche degli uomini mi facevano, come d'incanto, ritrovare la memoria di percezioni lontane. Rientrai rapidamente nell'aeroporto, disorientata, per proteggermi da tanta bellezza, e subito il respiro affannoso e il cuore, che batteva troppo in fretta, ripresero un ritmo regolare.

La luce dell'alba incominciava a rischiarare il mio viaggio, mentre la terra, a mano a mano che mi avvicinavo a Srinagar, cambiava colore. Il rosso e il bruno erano tagliati da strisce verdi sempre più larghe, e piccole vene azzurre lentamente s'ingrossavano, si spandevano formando specchi d'argento. La foresta, ormai, s'impadroniva di ogni spazio, si distendeva sulle vallate, si aggrappava sulle alture più scoscese, e solo le vette delle montagne riuscivano a sottrarre il loro biancore a quella possente invasione.

L'aereo sorvolò la città, prima di atterrare. I riflessi del grande lago si irradiavano tra le barche, sulle strade, sulle piazze e i giardini: illuminavano i particolari e confondevano l'insieme, talvolta si percepivano dettagli che all'improvviso parevano dileguare in una macchia indistinta di luce.

Andai a passeggiare lungo la riva del lago Dal, e ricordavo. C'erano il Français, Robert e Juliette, c'ero io spaventata, affascinata dalla città, sradicata dalla mia vita. Perché proprio io?

Mi fermai a guardare l'acqua e i fiori sull'argine, sentivo la musica del Français, vedevo Robert saltellare sulle zampe abbracciato a Juliette; e io danzavo, aprivo le braccia e giravo su me stessa, mi piegavo, battevo la terra con le mie scarpette rosse, e il sari tagliato a lunghe strisce si sollevava leggero, aprendosi come i petali di una margherita. Perché era successo proprio a me? Chi sarei stata, davvero, io?

Una camionetta militare si fermò accanto a me. Due soldati scesero, mi chiesero i documenti. Ero straniera, non potevo rimanere lì, da sola: era molto pericoloso. Al distretto di polizia mi convinsero di attendere in albergo la partenza dell'aereo per Leh. Srinagar era offesa dagli attacchi terroristici. L'incanto di quei luoghi era rovinato dalla crudeltà della gente che si combatteva nel nome del proprio Dio. Che assurdità la guerra! E la guerra in nome di Dio! La bellezza vuole la vita: e invece quella città delicata, sospesa sull'acqua, circondata dai fiori e dall'orizzonte bianco di neve, si trovava la propria bellezza annientata dalla violenza e dalla morte.

A Leh andai in cerca di una carta geografica della regione. Mi rivolsi a molti negozianti perché ne volevo una grande e dettagliata. Parlavo in inglese e mi sentivo straniera; ascoltavo le risposte e mi pareva di essere una di loro. A un bottegaio, che aveva rovesciato sul banco tutte le carte tenute negli scaffali, provai a rispondere nella sua lingua. Cercavo di prepararmi la frase, ma non mi riusciva: era come se rimanesse congelata dentro al mio petto. Avrei dovuto essere spontanea, esprimermi senza pensare alle parole da scegliere: era strano sentirmi più sicura con l'inglese, era strano il tempo che lavora dentro di noi senza farsi accorgere e, poi, ti presenta i risultati della sua opera.

Srotolai la carta geografica sul mio letto e mi tornò in mente la suora dell'istituto, quando aveva aperto sul suo tavolo una grande carta dell'India per aiutarmi a trovare il mio paese: era misteriosa, incomprensibile. Adesso mi pareva fin troppo chiara e semplice. La regione del Ladakh è immersa nelle montagne, sovrastata dai ghiacciai; i piccoli cerchietti rossi che segnano i paesi sembrano indicare tracce di vita strappate alla potenza della natura che per onorare la propria solennità pretende la solitudine. Oltre Leh, verso est, ci sono solo tre vallate abitate, dove i villaggi, come per proteggersi, si raccolgono uno vicino all'altro, mentre a sud le montagne sono tagliate dalla strada che porta a Manali.

Dalla stazione partivano due autobus, uno rosso e bianco, l'altro verde con una larga striscia gialla nel mezzo. Senza pensarci montai sul secondo, forse perché mi ricordava qualcosa. Viaggiai tutto il giorno, fermandomi a dormire solo poche ore in un piccolo albergo, in attesa che arrivasse l'alba e l'autobus riprendesse la sua corsa. Mi svegliai felice, bevendo tsampa e mangiando ciambelle d'orzo abbrustolito. Erano sapori, odori famigliari: per qualche istante mi misero addosso quella piacevole eccitazione che si prova quando ci si immagina che stia per concludersi una lunga attesa. Poi, quelle vaghe sensazioni divennero ricordi sempre meno sfumati, e la malinconia mi strinse un nodo alla gola.

La corriera s'arrampicava per una stretta strada tortuosa, lasciando sotto di sé un impetuoso fiume spumeggiante; s'inoltrava in un'immensa distesa verde dove non c'era nulla. Un deserto d'erba all'improvviso interrotto da montagne brulle che diventavano sempre più bianche toccando il cielo.

Riconoscevo quelle valli e quei prati, quelle cime di neve e quell'acqua schiumosa che mi accompagnava nel viaggio. Riconoscevo il monastero aggrappato alla roccia dove salivo da bambina a pregare con i monaci, e la stretta strada tra le case, ora percorsa lentamente dalla corriera inseguita dai bambini che gridavano, facendoci festa. Riconoscevo il paese dov'ero nata. Com'era stato facile ritrovarlo, e quale storia implacabile il destino mi aveva costretta a vivere per lasciarmi ritornare da dove ero partita!

La corriera sostava solo pochi minuti a Kespang: rimanevo immobile sul mio sedile; sentivo il corpo pesante, mi sembrava di non riuscire ad alzare nemmeno un braccio. Non credo sia stata la mia volontà a farmi scendere: forse fu proprio quello stesso destino, che mi strappò dalla mia casa, a sollevarmi e a depositarmi sulla piazza del paese, mentre la corriera riprendeva il suo viaggio.

Mi guardai intorno: ciò che mi circondava era mio, ma non mi apparteneva. Era come se mi fosse stato restituito qualcosa che avevo tanto amato ma che ora sentivo lontano, perché aveva tutta la lontananza del tempo della separazione.

Le donne e i bambini mi osservavano incuriositi, con timidezza. Avevo la loro faccia, la loro pelle, eppure mi vedevano diversa, forse perché indossavo la giacca e i pantaloni o forse perché la vita mi aveva resa diversa, non solo al di fuori della mia terra, ma anche tra la mia gente. Comprai una mela in un banchetto di frutta e mi incamminai verso la parte bassa del paese.

Distratta dalla confusione dei ricordi, dai colori, dai suoni, dagli odori, come guidata da una vecchia abitudine, voltai a destra, prendendo la ripida scalinata che taglia la strada, come una scorciatoia. Sui gradini di pietra erano appoggiati grossi sacchi di juta pieni di lana, proprio davanti alle botteghe scavate come piccole grotte dentro la roccia. Sfiorai quella lana: mi sembrava di accarezzare la mia infanzia; poi tuffai le mani dentro il sacco come per immergermi in un altro tempo della mia vita.

«Vuole comprare?» mi chiese il negoziante nella mia lingua.

Mi sorprese: non mi considera una straniera, pensavo. Gli risposi mescolando parole inglesi al nostro dialetto che riaffiorava per magia da chissà quale profondità. E lui si mise a ridere, come se gli fosse apparso il più ridicolo degli esseri umani. Mi invitò a entrare nella sua bottega, continuando a farmi domande perché lo divertiva sentirmi parlare. Gli comprai un sari, senza provarlo, nonostante le sue insistenze.

Avevo fretta; uscii dal paese per il sentiero che portava alla mia casa. Non volevo pensare; cercavo di non immaginare nulla; mi sembrava impossibile quello che stava per accadere e mi accorgevo di essere assolutamente impreparata. Mi fermai: "Torno indietro" dicevo tra me, "mi lascio un po' di tempo per riflettere. È accaduto tutto troppo rapidamente, in modo imprevedibile: sto dimostrandomi superficiale e anche presuntuosa. Devo rimanere calma e non improvvisare niente".

E invece ripresi a camminare: andavo avanti, con la testa china, osservando soltanto le pietre squadrate che delimitavano il sentiero. Ora incominciavo a prepararmi qualche frase, pensavo alle diverse situazioni che avrei dovuto affrontare. E intanto camminavo, senza guardarmi attorno. Poi, come se conoscessi esattamente il punto in cui mi trovavo, alzai il viso perché ero sicura di essere arrivata davanti alla mia casa.

Non c'era niente: una distesa d'erba e pietre, il torrente e le montagne che chiudevano l'orizzonte. Ero sola.

Mi misi a sedere sul prato, già coperto dai primi fiori dell'estate che tingono di rosa e di bianco la terra. Osservavo con attenzione ogni particolare, cercavo un dettaglio che mi aiutasse a orientarmi. Era come se mi fossi risvegliata bruscamente da un sogno che aveva confuso la mia vita: o forse no, avevo abbandonato alla notte un incubo che aveva tormentato la mia vita.

Non si è mai preparati a sufficienza quando si pretende di conoscere la realtà: si vaga con la propria immaginazione, si azzardano mille ipotesi che mille revisioni cancellano in un istante. Ma poi, con tutto il peso della concretezza, sopraggiungono le cose a imporre la loro legge. Dalle ferite della verità non ci si cura: rimangono sulla nostra carne per ricordarci che tutto quello che ci viene concesso chiede fatica, dolore. E, alla fine, riusciamo a essere un po' felici soltanto perché abbiamo imparato a desiderare ciò che già abbiamo.

In lontananza qualche pastore ritornava con le capre dal pascolo e i cani abbaiavano. La luce del sole rischiarava e oscurava di ombre il prato giocando con le nuvole. Sarà sempre così, eternamente così in questa terra lontana dal mondo, protetta dalle sue montagne che sfidano le altezze del cielo, dai ghiacciai e dalle rocce che lasciano passare soltanto la solitudine e il silenzio. È un'illusione, un doloroso e malinconico inganno credere di poter essere anche noi una piccola parte di questa eternità.

Mi incamminai verso il paese. Sul prato, appena fuori dal sentiero, c'era ancora il tabernacolo con la ruota della preghiera. Ricordavo quando, da piccola, il mio corpo si sporgeva allungandosi con tutte le sue forze e la mia mano di bambina cercava di toccarla, invano. Sfiorai la ruota e continuai a girarla, meccanicamente, finché riuscii a smettere di piangere.

Ritornai nella bottega dove avevo comprato il sari. Il negoziante era stato gentile con me, così provai a chiedergli di una famiglia che abitava lungo il sentiero verso il torrente. Lui rideva, sentendomi parlare, con quella sua bocca senza denti, contorcendo il viso tagliato dalle rughe. All'improvviso divenne serio; gli occhi, come due piccole fessure scavate nel tempo, sembrarono perdermi di vista e guardare lontano: tanti anni fa, mi raccontò, c'era stata una grave carestia; molta gente che viveva lì intorno, nella campagna, morì; chi aveva ancora le capre salì in montagna per pascolarle, ritornando nomade.

Almeno due volte all'anno rivedo in Italia i miei genitori, Giorgio e Margherita, ma l'amore per la mia terra e il mio lavoro non mi lasceranno portare più via dall'India.

Ora vivo a Benares, nel grande centro universitario ospedaliero della città. Qualche volta cammino lungo la riva del Gange e aspetto il tramonto al Dasashvamedha Ghat tra i canti e le danze della gente. Osservando il sole, mentre scende lentamente nel fiume, c'è sempre un particolare, un piccolo dettaglio della mia storia che mi ritorna in mente. La memoria, ormai, ha imparato a metterlo in ordine dentro al mio passato. E così i ricordi non portano più con sé dolore, ma tenerezza e solo un po' di malinconia.

Ogni settimana vado all'istituto delle suore, che mi avevano accolta, per curare i loro bambini. In quei volti spauriti ritrovo sempre il mio volto, ritrovo sempre la stessa sofferenza, vedo l'offesa al diritto più elementare di ogni bambino: quello di avere una famiglia. Ritornando all'ospedale, attraverso la parte vecchia della città. Al tempio di Durga lascio un fiore di loto tra le siepi di ibisco dove era morto il Français. Guardo la cima degli alberi: tra i rami si rincorrono e saltano le scimmie. Forse lassù Juliette riesce ancora a danzare.

Aspetto una bambina, nascerà tra poche settimane. Se ha ascoltato la mia storia, che ho raccontato anche per lei come se riuscisse a sentirmi, sa che la proteggerò. La sua sarà una vita normale, che non cadrà, come la mia, nelle mani del destino, abbandonata ai suoi capricci e alle sue avventure. Lei non andrà in cerca di una famiglia e non sarà amata per caso.

«Amata per caso»
di Stefano Zecchi
Oscar bestsellers
Arnoldo Mondadori Editore

Questo volume è stato stampato
presso Mondadori Printing S.p.A.
Stabilimento NSM - Cles (TN)
Stampato in Italia - Printed in Italy

53352
2005